一杯酒

喝出一片天

一杯酒

喝出一片天

一杯酒喝出一片天
滕征輝——著
笑看中國人物和飲食構築的悲歡離合，
思索今日人生故事的大小玄機。

序言

萬古江山百局酒

《段子》系列寫到四的時候，側重寫了飯局應酬，其中有幾百個我親身經歷的酒局。現在新書《做東》也是寫酒局，但是具有更深刻、更廣闊的大歷史背景，即中國五千年酒文化是如何影響與推動我們整個歷史進程。從西元前一六〇〇年商湯伐桀時的肉山酒海，到西元二〇一三年巴菲特午餐，我精選了一百個酒局，裡面有刀光劍影、生蒸美人，也有千金一笑、把酒釋懷——每個段子都原生態地還原了歷史，詮釋了歷史發展的奧祕和細節。由於採取了講段子的獨門手法，夾敘夾議、以古論今，想來不至於乏味，更有活色生香之感。

酒是一種液體，它能應景而化、因人而異；局，則講究一定的禮儀、規矩，酒局一方面有目的、有規矩，另一方面酒精使人活躍，想說話、想表達。所以，每一次酒局起承轉合過程差不多，但個中意味大不相同。

我覺得，無論政客、刺客，還是墨客、說客，在酒局中，首先還是酒客，都離不開酒這位大媒，只是運用之妙，存乎一心。比如青梅煮酒局，曹孟德在酒桌上放著青梅，開場還講了一個「望梅止渴」的故事，其實是為酒局定下了基調：對於得不到的東西，不要妄想。席間他沒下殺心，也是想「攬天下之士為己所用」，以真正收服劉關張，可惜遇到了善用「厚」字訣的劉備，後者絲毫不為所動。其後曹公沒被吉平下藥毒死，就已是洪福齊天了。其他如貴妃醉酒，是失意人的醉後獨舞；杯酒釋兵權，為最簡單手段的最深刻謀劃；血濺鴛鴦樓，是不可抑止的滔滔殺氣。只不過，英雄美女今何在，萬古江山百局酒，曲終人散後，每一席不過是過眼雲煙。

今日世界已是紅塵滾滾、酒海如潮，有誰敢說自己不被蒙塵、能眾醉獨醒？所謂溫故而知新，以酒局來破解一下歷史發展的玄機，沒准會有破人生困局的意外之功。歷史在進步，科學和技術改造了我們存在的物質世界，然而人性往往不會有根本的變化，所以在此本人借得瑟歷史中某些值得玩味的局，對現代人在現實生活中遇到的生存困惑做一點撥，如能使您瞭解不惑，算作在下對社會發揮的一點餘熱。

一杯酒喝出一片天 目錄

叫你得瑟

一 男女那點兒破事兒

這種事關鍵要的是種調調兒

翻遍二十四史，有人常驚異地發現：一個朝代每逢元氣喪盡的時候，總會出現紅顏禍水，這些個女人也替歷史背負上了亡國的罵名，諸如褒姒、西施、楊貴妃、陳圓圓等等。這些女人美貌是自然的，顧盼生情也不必說，但她們能在歷史上留名最重要的是配上了某位對撇子的昏君，還得趕上有巨大影響的歷史事件。所以像現在的個別女人，在電視上搔首弄姿，不惜吵架或脫衣服以搏上位，只是徒添笑柄而已。

史上最早留薄名的兩位女子是妹喜與妲己，前者葬送了夏王朝，後者顛覆了商王朝，那可是最久遠的兩大朝代，冥冥之中，我們感到其實歷史一直在重複提醒人類一些事。夏朝留下的資料太少，多數是後人以訛傳訛，但對妹喜禍及後宮的事，記錄得卻是清清楚楚。最後一代天子夏桀縱情聲色、恣意享受，雖說宮殿比今天的大型度假村還小，但玩得絕對刺激精彩。

這主兒最早發明了酒池肉林，就是用酒代替溫泉，做成一個個池子，一旁的假山樹木掛著各種肉食，隨用隨取，所有人赤身裸體，盡情在其中嬉戲遊耍。桀還造了個「傾臺」，居高臨下地專供他和妹喜使用。妹喜愛聽「裂帛」之聲，桀就命令各地每天進貢絲綢一百匹，讓人撕開，給妹喜聽著玩兒。百姓罵道：「太陽啊，你什麼時候滅亡？我和你一起滅亡！」（註1）果然不久，龐大的夏朝就被「方圓百里」的小部落商給滅了。

輔佐商主打下江山的伊尹，曾總結夏桀的敗亡教訓：「酣歌於室」者，「家必喪」「國必亡」。然而，前事已忘，便成不了後事之師。商朝的末代君王紂王更是個荒唐的主兒，本來他自身文功武略，手下還能人大把，可惜一念之差，找了位九尾狐狸精為伴，不但大玩特玩，而且還以害人為樂，最後自焚而亡，《封神演義》介紹得可謂很透徹。

註1：夏桀以天上的太陽自局，夏民痛恨夏桀，願與之同亡。

紂王的玩法也是修酒池肉林，不過規模大多了，據說可以行船，他與妲己樂此不疲，一次「長夜之飲」能持續七天七夜。問大臣箕子喝多久了，人家回答：「國君飲而失其日，其國危矣」。姜子牙討伐商紂的十大理由，就有三條和酒有關，其他如蛇窟、炮烙等非人手段，也虧得妲己想得出來。

現在，平日不怎麼喝酒的一些老大，一旦酒局上有美女了，尤其是能喝幾口的小女子，情況立馬就例外了。其實他倒未必想怎麼樣，只是由於酒精在中間一攪和，情緒便開始微妙起來。所以說，酒是男女之間的媒人，這話挺靠譜的。

微博上有位豪情女俠，宣稱最看不慣女人以酒遮臉與男人上床，說自己喜歡某公，直接拉著就去幹活兒了。我對此有些懷疑，雖說女追男隔層紗，但男女這種事要的是種調調兒，關鍵在於一個「裝」字，否則直接去桑拿房算了。往深想想，裸房能住嗎？

肯定得裝修。裝×也是這樣。

男人都有「寵物心理」

大凡君王極少不愛權力的，因為權力本身就是他們的性命，有點兒其他愛好可以，但不能愛過權力，因為一旦失去了權力，往往就失去了性命。另類的老大，也有愛江山更愛美人的，像隋煬帝、劉阿斗那樣，雖說美人好玩，但那也是建立在權力基礎上的。極個別的傢伙才不愛江山愛美人，外國有一位愛德華八世，中國當推周幽王。

三千多年前，那些大大小小的國其實都是城邦，由若干村落拱衛著某個如封如閉的土城形成，這是農耕文化的特點。傳說周武王去渭水訪賢，拜了直鉤釣魚的姜太公為相，可是老頭兒已經七老八十了不肯走，他只好背著走到路邊的牛車上。後來獲封齊國的太公道明真相：姬發背了我八百步，我保大周朝八百年。

二百多年以後，周宣王的寶座襲給了兒子姬宮涅，史稱周幽王。

這位是標準的二世祖，什麼國家大事都不管，光知道吃喝玩樂找美女。大臣褒珦勸諫他不聽，反被下了監獄。褒家以其人之道還治其人之身，買了個絕色佳人褒姒並對她進行各種培訓，三年後以贖罪的名義獻給幽王，果然投其所好，挽回了家族危機。

幽王平日是無酒不歡，白天晚上都以飲為樂，得了褒姒變本加厲，美酒加美女，成天美得不行。可是也有美中不足，褒姒進宮後，從未露過笑臉，跟面部肌肉壞死似的。幽王實在沒轍兒了，出了一千兩黃金的賞格，結果還是不好使。這時有位叫虢石父的敗家玩意兒出現了，搞出了一個大型娛樂節目：烽火筵席。

話說那是個響晴白日，幽王在驪山之頂大擺筵席，與褒姒居中而坐，身旁仙樂飄飄、美酒如海。喝到半酣之際，幽王傳令下去：「點火。」頓時，二十多座烽火臺接力賽一般，陸陸續續地冒起了狼煙，這本是西周為了防範犬戎留下的預防手段。果然，不久，附近的諸侯各國走馬燈似的前來鎬京。所有人到了才知道，敢情這是拿大夥逗著玩兒呢，只好憋了一肚子氣，收兵回去了。褒姒看到亂糟糟的救駕兵馬很好奇，幽王不失時機地逐一進行現場解說，眼巴巴地得到了心上人冰封千里的一笑。這場古代最大的活喜劇總算圓滿收場。

後來的情節同樣老套：幽王廢了王后和太子，用褒姒和兒子伯服替代；原岳父申侯咽不下這口氣，勾結犬戎前來報復；這回再點狼煙，被諸侯們當作兒戲而不理；結果鎬京落陷，幽王等爺們兒統統死於亂軍之中，冰美人也被犬主抱走找樂子去了；經受了三光政策的鎬京，已經很難立足，新立的周平王不久遷都雒邑，建立東周。

男人都有一種「寵物心理」，放任對某種事物的喜愛，沉溺其中而不能自拔，最終異化。美女，尤其是求之不得的美女，最容易對上位者產生這種催化作用。想起來賈寶玉少爺，為了博得病美人晴雯一笑，只不過撕了幾把排不上用場的扇子而已，與千金買笑後身死國破的周幽王相比，實在是小巫見了大巫。男人啊，都是打得過別人，終究還是逃不過自己。

看花滿眼淚

中國歷史上，存在著兩個極端：一是制度的高度集成，二是人性的絕對釋放。前者以秦清為最，後者以晉宋成典，而能把封建專制和人性之美實現高度統一的，則非初唐莫屬。李世民、武則天以及唐玄宗這幾位統治者，由武衛到文功，留給國人的何止是浩瀚的疆域、充棟的典藏和絕世的歌舞？

說來奇怪，李氏家族人才輩出，比兩漢的劉家、明代的朱家都強上不少，偏偏後花園殺出來幾個女強人搗亂：武曌、韋后及太平公主。更有睿宗李旦雖非軟蛋，卻很識時務，三讓皇位，他的大兒子李憲也繼承其風，把太子位扔給了弟弟李隆基。他自己創立了中國最早的逍遙派，招一班大師文豪成天地歌舞昇平，他的府邸樂隊是唯一能與朝廷太常樂隊相提並論的。

玄宗上位後，對這位大哥特別好，封了他寧王爵位，讓他想幹什麼就幹什麼。一次，哥兒倆正聊著，李憲忽然一個唾沫四濺，噴了弟弟一臉，於是趕緊請罪。當時，唐人管這種行為叫「錯喉」，一旁的樂師黃幡斗膽解圍說：「皇上明鑒，寧王剛才並非錯喉，而是噴帝，在讚美皇上啊！」玄宗順勢一樂，還給了些賞賜。從此，「噴帝」取代了錯喉，後人更取其諧音，叫作打「噴嚏」。

《開元天寶遺事》裡記錄了唐朝王宮不少趣事。比如，寧王憐花惜花，用紅絲為線，在花梗上密綴金鈴，藉以驚走前來歇腳吵鬧的鳥雀。

還有一個。有一天，寧王府裡大擺酒席，聚集了當時的文人墨客十幾人，眾人一邊進食飲酒，一邊談些掌故祕聞。酒興正濃時，寧王說起去年新納的一位寵姬，是王府左側一個賣燒餅人的老婆，自己一見鍾情，派人厚遣其夫，寵惜倍加。

大家獵奇心一起，寧王就立馬招那女子進來，人長得果然白皙明媚，大有楚楚之狀。寧王問道：「你還想那個餅師否？」女子淒悽楚楚，默然不對。寧王本就感情豐富，就傳召餅師，小女子久久注視，雙淚垂頰，在座的人，無不淒異。寧王感同身受，命眾文豪賦詩以記之。右丞王維即席而賦，一時而成：

莫以今時寵，能忘舊日恩。看花滿眼淚，不共楚王言。

詩中用了一個《左傳》裡的故事：春秋年代，小國息王之妻豔絕天下，楚王以為難副其德，滅息之後，載美而歸。息夫人先後為楚王生了太子敖及後來的成王。雖集三千寵愛於一身，但不知為何，夫人總不說話，眾皆怪之。楚王再三逼問之下，對曰：「吾一婦人，而事二夫；縱弗能死，其又奚言？」座中皆通達之輩，感歎無言之餘，無有敢再應者。

寧王見此情形乃自憐惜不已，遂將女子送歸餅師以終其志。千古佳話，自此而成。

我常以為權勢和人性是一對矛盾體。當一個人的權勢讓他能掌控一切而無須顧忌的時候，才是他人性最能得到釋放而暴露的時候。一個人能凌駕社會規範之上而仍能保持一種平和之氣、本初人心，才是真正的修養天成。

今天社會上三天兩頭出來露臉的那些個官二代、富二代，不過是西遊記裡說的一幫先天不足的畸生怪醜。

喝酒終需醉

每個人都有許多朋友，而且不同的朋友有不同的妙處：棋友可論道、球友共激情、學友長相憶、牌友鬥輸贏。我覺得，高山流水的知音固然可貴，但終究可遇而不可求，生活中很難得的是酒友。不管是八加一、七加二，還是六加三、五加四，終歸都等於九（酒），個中滋味是自己難描難繪，也是旁人難求難解的。

想當年，林清玄是報社副刊編輯，負責向古龍約稿。臺灣那時的稿費按行計算，古龍好酒好朋友，錢總不夠花，便創出了新風格：一個字或一個詞占一行，如「夜、深夜、殺人的夜」等。更過分的是有一句：「十八個大漢跳下牆，咚，咚，咚……」一連寫了十幾個「咚」，每字一行，跟敲詐已經沒什麼兩樣。

還有次連載，古大俠寫爽了，死活不肯結尾，還說：「這一百多角色是有生命的，我沒法控制他們的生命。」林清玄也非善茬兒：「那好，我來幫你。」他於是安排這一百多位到少林寺排英雄座次，結果被小人暗算，全炸死了，從此，武林歸於平靜。古龍急了，於是在新小說中又編出一個壞透了的傢伙，壞事兒幹絕後，被砍掉腦袋掛在武當山，這壞蛋就叫「清玄道長」。對此，林編輯大發感慨：「千萬別得罪作家。」

古龍愛酒，更能喝酒，他常掛在嘴邊的一句話是：「我愛的不是酒的味道，而是喝酒時的朋友。」偏巧了，林清玄也是酒道高手，於是古龍常常耍賴：「你不陪我喝酒，我就不給你寫。」倆人有陣子每個禮拜都要鬥酒，各種酒來者不拒，一面縱酒狂歌，一面指天畫地，通常是棋逢對手，古龍醉臥在家，林清玄更是站著進去躺著出來。

兩大酒徒還創出了「乾盆」的著名酒局。那天哥兒倆心無罣礙，談興甚濃，一杯杯酒如水一般喝下去，味道甚美，卻不感醉意，這是種可遇難求的境界。可惜古林二俠反覺得沒比出酒量，開始比速度，把一罈子紹興酒倒進兩只盆裡，然後各把一盆，看誰先喝完。林清玄最終惜敗，落得不省人事。後來談及這次酒局大戰時，林清玄落寞言道：

「那種情懷這一輩子只有一次。」

古龍住在臺北郊區，稿費多用來買酒，尤其是造型各異的白蘭地。他不講究什麼淺斟低飲，而是杯起酒乾，像喝啤酒一樣喝任何酒，這習慣與我頗為相似。在家裡，古龍喜歡一絲不掛，一包包地抽三五，一杯杯地乾XO，筆下流淌的是陸小鳳、楚留香、小李飛刀等比作者還要響亮的一批千古人物。

由於酒精中毒，古龍不可避免地得了肝硬化；而交往了大批美女，也耗盡作家旺盛的激情。經過五次死裡逃生的治療最終無望後，古龍又開始喝酒，那幾天他喝了醉、醉醒了再喝，最後食管破裂，於一九八五年九月二十一日過世，臨終前他的遺言竟是：「怎麼我的女朋友都不來看我呢？」葬禮上，好友們為四十八歲的他陪葬了四十八瓶XO，倪匡寫了訃告，並總結古龍的一生所為，無非是：

有錢不花有什麼意思？喝酒不醉有什麼意思？！

天下男人的共同理想

金庸筆下的主人公，最有英雄氣的是令狐沖、楊過和喬峰，這三位的性情為世俗所棄，他們卻不改初衷；古龍好酒好色，所以他推出的偶像都很瀟灑，不過多少有些裝，比如楚留香身邊紅袖添香，卻一塵而不染，好像他那雙不沾泥點兒的白鞋一樣，令人難以信服。大盜胡鐵花相對可愛多了，一壺酒一柄刀，迎著北風敞懷而歌：「五湖四海任遨遊，金銀財寶隨取求；看得人間不平事，乘醉揮刀快恩仇。」

我一直很喜歡陸小鳳，他兩撇小鬍留得跟濃眉似的，兩根手指像定海神針，兩隻眼睛亮得能明察秋毫，肚子經常喝得跟酒缸似的。我尤其羨慕他躺在朋友媳婦身旁喝酒的場面，那種似是而非的朦朧感，換成現代人早就大耳帖子轟出去了。其實這種春秋筆法早已有之，古大俠不過山寨了一下阮籍而已。

《世說新語》裡記載了這麼一個故事：阮籍見人家酒館老闆娘漂亮，總跑去喝酒，還說些不著邊際的話，然後一醉方休，躺在那兒睡著了。想必那老闆是想，做生意的，既然難以金屋藏嬌，索性就做個酒幌子。喝酒嘛，還不是圖個樂和。這成就了一段「醉臥美人膝」的逸事。

這種事比比皆是，我們念書那會兒，就愛奔漂亮老闆娘的小館，比如西四的涮肉店。到外地出差更是如此，一邊小酒喝著，一邊「老闆娘、老闆娘」地喊著，那是一種別有滋味的小調調兒。不過，這種老闆娘就算沒有老公，背後的人物也不是一般人可以招惹的，而且不少都是由服務員上位。我見過好幾家店，本來挺清純挺靚麗的小姑娘，過一陣子再去，就「處女變大嫂」了，這也是小飯店的一種生態文化。

阮籍為魏晉之風的開創者，所謂的狂狷之士，其實就是些狂放又不突破底線，敢作敢為，同時不與世俗同流合污的人。朱熹說：

「狂者，志極高而行不掩。狷者，知未及而守有餘。」阮老兄為了逃避司馬家族，曾連醉了三個月，後來只肯當個縣令，還把衙門開了窗口，說是無景不下酒。但有一次，一個小美女亡故，他痛覺可惜，顛兒顛兒地跑過去憑弔一番，感慨著黃花早落。

多年前我參加的一次酒局上，有個人說他的理想人生是「醉臥美人膝，醒掌天下權」，令滿座皆驚。雖說現在人人都可以酒後去歌廳，醉臥美人膝也不是難事，但去的人最多是散散酒勁兒，或者談些陶朱之事（註2），而手握天下的氣勢怕是只有官員們才會有的情結吧。男人靠征服世界來征服女人，女人靠征服男人來征服世界，男女這點兒事兒亙古未變。

這兩句話與霍去病的「匈奴未滅，何以家為」相聯繫，前面幾句為「醉臥美人膝，醒握殺人劍，不求連城璧，但求殺人劍。」歷史上還有一位醉臥醒掌的典型，就是日本的伊藤博文。

他曾與同學的妹妹澄子同居，後來搞明治維新，這等於是把腦袋別在了褲腰帶上，於是就跟他解除婚約，後來伊藤親自為她做媒嫁給別人，而自己娶了位藝妓梅子。從革命到成功，伊藤博文經常出入風月場所，白天處理國家大事，晚上不躺在藝妓懷裡睡不著覺。他一生抽煙喝酒好女人，晚年對身邊的人說過這麼一句肺腑之言：

我並不指望你們。在我終日操勞而頭痛不已時，什麼也比不上幾雙溫柔的小手能解我心寬啊！

註2：陶朱即陶朱公，范蠡辭官後至陶地，自稱「朱公」，開始經商，後憑藉非凡的商業頭腦積資巨萬，是中國古代十大富豪之首，被稱為「商聖」。

柔道天下

二十世紀九十年代初期，我就想寫本《三劉哲學》，起因源於自己的一個思考：「漢」這個詞原本平常，但就是三劉哲學使得三位劉姓基層幹部變成了皇帝，而且這一哲學還從精神、文化、制度等全方位地影響著中國，使之逐漸孕育出這個星球上最大的種族——漢族。從那以後，我大量收集與劉邦、劉秀、劉備有關的書籍和資料，發現他們都很深沉、仗義、擅長權術，沒有特長，卻偏偏能把一幫大本事的人玩弄於股掌之間。

劉秀當年非常不起眼，混了個博士學位後，就回家種田去了，這讓他胸懷大志的哥哥十分看不上，但他在女人的問題上卻執著地要命：「娶妻當如陰麗華。」大多數人認為，一個人如果好色，最好先追求成功，不僅可以吸引大量的女一號，更能得到他人的原諒：好的茶壺，當然可以配一圈茶碗。

三位老劉之顯著特色是江山美人，但不是「愛江山更愛美人」，而是

「愛美人更愛江山」。成功的男人一生中要與許多女人打交道，就婚姻而言，我發現他們不光有女人緣，而且在不同的人生階段，會採取相應的策略，大約有四大特點：

1．原配都很厲害，不僅有家庭背景，而且漂亮能幹，比如：呂后、陰麗華、甘夫人等；

2．身邊的女人都能不離不棄共患難，像呂雉屢陷敵手，陰甘兩位也一直顛沛流離；

3．好色而且會享受，既在落難時享得美人恩，又在成功後廣設三宮六院；

4．先要命，再要權，最後才要女人，比如劉邦願意分親人的一杯羹、劉備摔孩子等。

我在學佛的過程中發現，有三種最頂尖的智慧：天空、大地、海洋，即虛空般無所不在、大地般厚重可靠、海洋般容納百川。很多文人悲歎不肯過江東的項羽，其實只有匹夫之勇：只想報仇，缺乏劉邦治理國家的高度眼光；剛愎自用賞罰不分，不具備大地般的寬厚胸懷；心淺性急，做不了裝傻充愣、喜怒不形於色之事。

顯然，項羽屬於種樹的人，勤勞而能幹；劉邦屬於乘涼的人，善忍而果決。古往今來，最後上位者都是善於摘果子的人。三位劉老漢影響了中國精英集團近兩千年，李世民、趙匡胤、朱元璋、康熙乃至宋江對他們都有著鮮明的學習痕跡，心甘情願地供奉漢文化為其統治的主流文化。追根溯源，我簡單地為三劉總結一下打天下的經驗：

1．江湖：起家的時候採取江湖方式，如劉邦用老鄉、劉秀用同學、劉備用結拜兄弟；

2．堅忍：劉邦鴻門宴裝傻，逃命時把兒子和女兒踹到車下，劉秀忍殺兄之仇、劉備青梅煮酒；

3．投人所好：有本事的人都有弱點，他們善於利用爵位、金錢、義氣、女人等武器為己所用；

4．寬厚：三劉是殺最少功臣的中國皇帝，比如劉邦廣封天下、劉秀拜凌霄閣二十八將。

劉備的祖上是中山靖王劉勝，劉邦這個兒子最彪悍的事是生了一百二十多個孩子，所以他的子孫後來去賣草鞋是可以理解的。我最佩服劉備的是晚年起兵伐吳，諸葛亮和後代文人都指責是愚蠢的衝動，但義氣卻是他一生最大的底線，他不能也不敢不為關張報仇。

南懷瑾先生認為，兩千年來，修齊治平的榜樣只有光武帝一人。劉秀的寬厚不僅在於釋放奴婢刑徒、提倡薄葬節儉、減輕賦稅等政策上，還有對功臣、親人乃至敵人的德懷。建武十七年（西元四十一年）十月，劉秀在南陽老家舉行祭祀活動後，大加賞賜。隨後，飲酒為局，嘮些家常。家族女性長輩借著酒勁兒，說他小時候排行老三，老實靦腆，幹得一手的好莊稼活兒，想不到今日當了皇帝。劉秀聽後哈哈大笑，誠懇地說：

吾理天下，亦欲以柔道行之。

貴妃醉酒

最近網路上流行一本《野出租》，作者親身所感，講述在某都市郊區影視學院外拉黑活兒的司機的經歷。憑我的直覺，一聽就八九不離十，特別是「撿醉雞」的事兒，那些陪酒失憶的女學生，被一些別有用心的傢伙占佔便宜，早就不算什麼新鮮事兒了。在酒局上，醉了的莽漢很討嫌，而醉了的女人更可怕。

女人醉酒大致有三種場合：親友情場、談判職場、賣笑歡場。第一種無所謂，夫婦或情人間喝點兒小酒，是很愜意的事兒，就算家族聚會，也大不了是小姨子鬧鬧姐夫；第二種得慎重，即使很熟很需要，但畢竟一切離不開一個財字，醉酒誤事；至於歡場，醉酒漸成依賴，也能討好男人，重要的是能拿到真金白銀。事實上，最可怕的醉酒是獨自消愁，或酒入愁腸，或發洩發飆，這時的女人多半不正常。歷史上有兩個這樣的酒局，一是李清照的海棠依舊，一是楊貴妃的百花亭醉酒。前者為雅人雅事，早成絕唱；後者為情傷懷，隨時隨地都在人世間重複發生。

某春日，玄宗與楊玉環約好，第二天在百花亭設宴，一起飲酒賞花。結果，楊貴妃先行到達後，久候玄宗不至，漸生惱意，派人打探，報說皇帝已幸江妃去了。楊貴妃本是玄宗的兒媳婦，即壽王李瑁的妃子，倆人王八瞅綠豆對上眼兒之後，為了掩人耳目，楊玉環先去當了一陣子的道士，然後才被納入宮裡。用現代人的眼光看，這二位是有愛情的，而且很瓷實。楊玉環性格本就媚浪善妒，加上被慣壞了，一聽這個，好像熱油裡潑了一瓢冷水似的，頓時炸鍋了。她舉起杯一邊飲來、一邊自怨自艾，所謂怨婦，在酒後最易發酵，那萬般情懷，竟一時難排遣。

男女醉酒有所不同，男人喝醉了，會想起很多的女人；女人喝醉了，翻來覆去地想的是一個男人。楊貴妃絕不是喝醉了就睡的那種類型。醉眼朦朧之下，她春情頓熾，竟開始放浪形骸起來，頻頻與高力士等做出求歡猥褻的樣子，估計太監們怕死了，也煩死了，直到鬧夠了，才把她送回宮去。

貴妃醉酒的故事流傳很廣，很多地方戲都有此劇碼，而將之發揚光大的還是梅蘭芳先生，這也是他壓箱底兒的保留節目。梅蘭芳扮相嫵媚，唱腔柔和舒緩，一句「奴本嫦娥下九重」，借著月光，灑遍了廣寒之意，細膩地表現了貴妃醉前佇望、醉後失望的內心世界。劇中，貴妃飲酒從掩袖而飲到隨意而飲，以動作變化來表現其從內心苦悶、強自作態到不能自制、沉醉失態的心理變化過程，舞蹈動作銜杯、臥魚、醉步、扇舞等，更是舉重若輕。

梅蘭芳的感情世界也曾波瀾起伏，他與名伶孟小冬的愛情更鬧得滿城風雨。富家子王惟琛因為單戀孟，而轉恨梅蘭芳，有天持槍到梅家論短長，混亂中打死了做客梅家的《大陸晚報》經理張漢舉，他自己也被趕來的軍警擊斃，最後搞出了兩條人命。男女之間的事在酒裡說不清楚，離開酒，或許更掰扯不明白。我贊許詹姆斯·瑟伯的那句話：

女人比男人智慧，是因為她們知道得少、理解得多。

九尾龜

中國的校園生活多半壓抑，除了學習壓力外，學生們想浪漫，成本也很高。我們那時沒什麼電腦，我很幸運地在圖書館淘到了一本《九尾龜》，之後簡直是如獲至寶。這是本著名的豔情小說，描寫晚清嫖客們的妓院人生。胡適先生乾脆在課堂上稱之為「嫖界指南」。現在看來，主人公章秋谷絕對是位高手，他把四大兵法都用到了房事之中，具體來說要點有二：一是勾勾搭搭的時候一定要有紳士風度，要不時地花些小錢兒；二是幹那事兒的時候，要有甲方心態，一定要先把對方挑逗起來，女的主動了，這事兒才能按照自己的思路來辦。

吃花酒是中國文人的傳統。以前大戶子弟很早就要練習喝酒，差不多了，再去妓院一邊喝一邊嫖，既學習人情世故，又能建立最早的交際圈子，因為妓院的秘訣是：漂亮女人生來就是為了忽悠男人的。當然學業是不能耽誤的，金榜題名後，還要去做官，做官就更得喝花酒了，因為那是必需的應酬，而且喝起來花樣繁多，押角作詩，喝到盡興處，能拿女人的繡花鞋當作酒杯。

賈寶玉進了大觀園，喝酒的本事也跟著見漲，一幫如花似玉的表姐表妹配著他玩兒，有的解下裙子，有的醉臥花叢，這是種雅中帶俗的活動；回到自己的怡紅院，大小丫鬟籌錢給他辦生日晚會，也是喝得昏天黑地，個別小妞乾脆臥倒在他的床上，這又是俗中帶雅的行為；等到詩會，賈寶玉玩兒起了踏雪尋梅，那一個含苞欲放、暗香湧動的尤物盡顯才華，把酒局推上了雅之又雅的境界。

等到離開家門，賈公子還會和一幫社會朋友吃花酒，那是我非常喜愛的一段，其間每個人的身份不同，做出的辭令也不同，太耐人尋味了。賈寶玉的悲愁喜樂無非是些守空閨、覓封侯、顏色美、春衫薄；世襲將軍馮紫英說的就是些梳妝樓、雙胞胎、掏蟋蟀之類的俗事；妓女雲兒想的是終身靠誰、打罵何休等事兒，說的那個曲子很有挑逗意味：「豆蔻花開三月三，一個蟲兒往裡鑽，鑽了半日進不去，爬到花上打秋千。肉兒小心肝，我不開了你怎麼鑽？」

劇中的影視明星蔣玉菡就帶點戲劇味兒，他悲的是丈夫不歸，愁的是無錢打油，喜的是並頭雙蕊，樂的是夫唱婦隨，末了還說了一句：花氣襲人知晝暖。這下薛蟠不幹了，愣說小蔣調戲寶玉的暖房大丫頭。至於這位商人，他寫的詞全中國人民都知道，實在是惡俗：「女兒悲，嫁了個男人是烏龜；女兒愁，繡房躥出個大馬猴；女兒喜，洞房花燭朝慵起；女兒樂，一根（此處省去兩字）往裡戳。」然後蚊子哼哼哼、蒼蠅嗡嗡嗡。

要說曹雪芹確實是大家，就這個「蟠」字用的是蟲字旁，象徵著這位富二代的獸血沸騰。果不其然，薛蟠老弟不久惹上了另外一個奇男子柳湘蓮，想跟人玩B點兒什麼，結果被騙到京北的葦子坑，被打得像泥坑裡的老母豬，幸虧那時候中國音樂學院還沒搬過去，否則他的糗事準會被編到歌裡面去。

九尾龜這種動物是有的，明朝的筆記裡說，有一位王姓屠夫和兒子出門遠行，看到漁夫賣一種巨龜，漁夫說這龜有九條尾巴，他們不信，漁夫就用腳使勁兒踩著龜背，果然此龜尾巴左右又各露出了四隻小尾巴。別人要買來放生，爺兒倆死活不幹，非給燉了喝湯，結果那天晚上平地三尺浪，王氏父子的衣被在床上，人卻不知所向，據說被卷到龍宮抵命去了。有一次喝酒，大家談起為什麼家裡紅杏出牆的男人叫烏龜，一位博學之士說：

王八的蓋是綠的，而且整天縮頭縮腦，還沒長小雞雞，叫烏龜還不夠形象嗎？

西門慶家酒

現代很多男人都很羨慕一夫一妻制之前的生活，所以這種思想也常遭女權主義者的指責。對此，辜鴻銘有過很妙的比喻：您見過一把茶壺配四個茶碗，可沒有誰見過一個茶碗配四把茶壺。茶壺茶碗分別象徵著男性和女性，可外國人不怎麼明白，辜老先生照舊還有一套措辭：「夫人，您是坐車來的吧？您的汽車有四個車輪子，那您的家裡難道準備著四隻打氣筒嗎？」

中國的士紳階層都講究弄個深宅大院，去過喬家大院的人都知道，那裡邊等級森嚴，每個屋子都有著嚴格的分工與合作，連按腳和大紅燈籠都有著明確的含義：主人今兒要住這兒了。這裡面比較典型的人物是西門慶，這主兒原來是個破落戶，開了個藥鋪，後來靠著與官府勾結及一套獨有的財技才逐漸發達起來的。

《金瓶梅》裡的西門慶開始幫縣政府理財，收取中間利潤，或幫人打官司疏通關係，後來漸漸地開始欺行霸市，把競爭對手的藥鋪擠垮兼併；一個偶然機會，西門慶結識了當朝狀元，擺下花酒大肆結交，並從此人手裡取得賣鹽許可證，賺了幾萬兩銀票；他還搞多種經營，放高利貸、開當鋪、走標船，把連鎖店和物流公司結合在一起經營；後來拜在東京蔡太師門下，更是腰上綁扁擔，在江湖上橫衝直撞。

對於壞男人，人們常常稱其為陳世美或西門慶，其實這哥兒倆有所不同。陳世美主要代表見異思遷有外遇，而西門慶則是亂搞兩性關係，活兒好。西門慶對於女性，比理財更門兒清。現在社會上很多乾爹送車送房兼送包，結果不懂事的乾女兒還拿到網上去曬，搞得乾爹很是尷尬。西門慶沒有這種問題，因為他搞女人基本不花錢，總的來說還賺了不少錢。

第一個給他帶來巨額財富的是寡婦孟玉樓，現金、珠寶、衣服等不知凡幾，另一位是李瓶兒，這位六娘是他唯一動了真情的，原因很簡單：「為甚爹心裡疼？不是疼人，是疼錢！這一家子哪個不借她銀子使，只有借出來、沒有還回去的。」女婿陳經濟後來給岳父沒少戴綠帽子，其實也不都怪他，西門慶死的時候才三十三歲，留下一幫慾火中燒的女人，總得有人打理呀，再說西門慶趁陳家有官司，還私吞了人家轉移來的大量財產。

西門慶和潘金蓮勾搭成奸，全靠王婆安排的那場著名酒局，也叫「十面挨光計」。施耐庵把男女姦情由一分到十分、從好感到欲望直至床戲的過程，寫得絲絲入扣、層層疊疊。具體說來二人互勾用了五大步驟：勸酒、脫衫、拂箸、捏腳、跪求。當時是西門大院競爭十分激烈，潘金蓮主要靠性誘惑，這能充分滿足大官人的需求，她還創造了很多春色物件和用具，比如春宮圖、香熏被、設銀燈，還用了硫黃圈等性藥和工具。過去的床叫榻，非常寬大高闊，很利於男女交歡。

過去公主出嫁之前，朝廷會派一女官與駙馬相處一晚，回宮後將各種資料進行分析處理，並做出相應的預案，以免主人措手不及。大戶人家嫁女，對丫鬟是有要求的，一般至少有大小兩位，小丫鬟處理生活上的事情，大丫鬟負責溝通和協助，晚上的時候甚至可以充當墊腰的枕頭，春梅就是這樣的角色，在西門慶死之前，她並不具備與潘金蓮競爭的資本，正是由於其身份上的限制。

像西門慶這樣的登徒子，其實無非是人們茶餘飯後的談資而已。但令人啼笑皆非的是，一千多年後，山東陽谷縣和臨清市乃至安徽黃山徽州區，為了爭奪「西門慶故里」的不光榮稱號大打出手，各自投資了幾億元，建設民俗遊覽區，王婆茶坊更成為搞破鞋的經典地段而豔幟高張，主辦單位還美其名曰弘揚西門文化。這正如唐代韋莊所寫：

一生風月供惆悵，到處煙花恨別離。
止竟多情何處好，少年長抱長年悲。

爬灰酒局

我是小學四年級初讀《紅樓夢》的，讀到焦大叫罵「爬灰的爬灰、養小叔子的養小叔子」時，心裡和賈寶玉一樣不解。後來才知道，爬灰是指秦可卿與公公賈珍的不正當關係，養小叔說的是王熙鳳和賈蓉，這賈府的確是夠亂的。爬灰是轉語，說的是爬過灰會髒了膝蓋，而「汙膝」就是「汙媳」的諧音，這是清代筆記的一種筆法。

這個詞兒也叫「扒灰」。扒灰與爬灰意思完全一樣，只是另有一番來歷：過去，神廟的香火特盛，朝拜的人們大量焚燒塗有錫箔的紙錢，等灰漸滿，廟主就將灰裡的錫扒拉出來。因為湊夠一定數量，可以賣出不少錢。一些貪鄙之徒有時偷偷來扒錫灰，「扒灰」者，為了偷錫也，而錫、媳同音，借喻與兒媳的私情。

清代《北莊素史集》（註3）列有「扒灰」條目，還舉了個例子。王安石的公子王雱也是非凡之士，可惜英年早逝，寡居的妻子獨住在一座小樓上，王安石時常過去窺探。兒媳以為公公另有想法，在牆壁上寫了首詩，說要「風流不落別人家」，意思就是肥水不流外人田。王安石見之，急得就用手去摳，弄得壁粉直落。看來王荊公多少有些冤枉，不過歷史上扒灰的事可是不少。

春秋時期王綱不振，人倫天理紊亂非常，尤其是齊僖公的倆女兒，老大宣姜淫于舅，老二文姜淫于兄。《東周列國志》寫到：「妖豔春秋首二姜，致令齊衛紊綱常。天生尤物殃人國，不及無鹽佐伯王。」且說文姜，與同父異母的哥哥打小就眉來眼去，哥哥說：「桃有華，燦燦其霞」，誇其比桃花更燦爛；妹妹嫁給魯國魯桓公之前，他也說：「桃有英，燁燁其靈。今茲不折，詎無來春？」意思是攀桃折話會有時。

十八年過去了，哥哥齊襄公終於迎來了探親的魯桓公夫婦，藉口與舊日宮嬪相會，預造密室、另治私宴，與文姜敘情。飲酒中間，這二人四目相視，你貪我愛，遂成苟且之事，日上三竿，尚相抱未起。魯侯再三盤問，知道頭上早已綠油油一片，心裡那個恨啊，無奈客場作戰，只好先忍著，張羅著回國。

後齊襄公在牛山設大宴，招待魯桓公，襄公對魯侯夫婦的到來顯得十分殷勤，但魯桓公卻低頭不說話。觥籌交錯一圈之後，大家都喝得東倒西歪，魯桓公心中備感鬱悶，也借酒消愁，不知不覺喝得大醉，被人抬了出去，彭生是齊國有名的大力士，他抱魯桓公上車，走出二里地後，彭生趁魯桓公睡得正死，兩臂用力一拉他的身子，魯桓公大叫一聲，兩肋被折斷，血流滿車死去。事後，齊襄公一干人等謊稱是魯桓公自己酒後掉下車摔死的，後又將彭生殺死。

齊魯兩國的交情就這樣算是完了，其後兩國不斷發生大規模的武裝衝突。姦夫淫婦可不管那套，文姜索性以悼念魯王為名，住在

註3：清代上海人王有光著。「扒灰」意為「翁和其媳」。

齊魯交界處，齊襄公也時時借打獵為名，來與她日夕歡會。三千多年來，這對亂倫兄妹一直被釘在歷史的恥辱柱上。《詩經》對此也專有記載：「魯道有蕩，齊子發夕。」

時間到了大唐，李隆基楊玉環夫婦在龍池擺下酒宴，宴請薛王和壽王，美酒如流水，佳樂漸入情，一直喝到了夜半三更。玄宗過慣了這樣的生活，弟弟喝得肆無忌憚，兒子卻是低頭舉杯、拱手作態，因為他是楊貴妃的前夫。雖然楊玉環中間出家洗清身份，但天下人誰不是心知肚明，面對老爸與前妻做出「在天願為比翼鳥，在地願為連理枝」的姿態，相信壽王心裡一定像打翻了五味瓶一樣。不開眼的李商隱記錄了這場著名的爬灰酒局：

龍池賜酒敞雲屏，羯鼓聲高眾樂停。夜半宴歸宮漏永，薛王沉醉壽王醒。

私奔局

農耕社會以土地為本，靠的是耕讀文化的維持，農村孩子打小就接受這樣的教育：要像老一輩這麼辛苦嗎？不想的話，就去好好讀書！而一旦高榜得中，整個家族的生存條件也都會隨之改變。所以農民再窮，也要男孩走科舉之路，盼望著有一天能夠鹹魚翻身，實現「朝為田舍郎，暮登天子堂」的夢想。

富家女子則大都在封閉環境長大，她們學些琴棋書畫，但其青春卻是極度饑渴的，她們嚮往的是那種「遇落難書生、私訂後花園、趕考中狀元」的愛情，《琵琶記》《西廂記》皆是如此。問題是不光有趙五娘、崔鶯鶯這樣的幸運者，也有秦香蓮那樣的倒楣女子。究其根源，都是西漢時的卓文君鬧的。

據《史記．司馬相如列傳》，四川臨邛富豪卓王孫之女文君新寡，因愛慕司馬相如，私奔到四川成都，但司馬相如家徒四壁立，文君於是盡賣其車騎，買了一酒舍與司馬相如一起賣酒。文君賣酒，司馬打雜，兩人在街市中洗造酒具。文君私奔、夫妻賣酒後來成為愛情堅貞不渝的佳話，臨邛也成為釀酒之鄉。

但事實果真如此嗎？當然沒那麼簡單。愛情不同於生活，因為愛情可以想像，發生於一瞬；生活則實實在在，須堅持一生。私奔前的酒會其實是個局，是臨邛縣令王吉為鐵哥們兒司馬相如所鋪陳。司馬原是梁孝王的門客，落魄來投，而當地首富卓王孫之女貌美如花，酷愛音律，十七歲寡居在家，剛好是才子佳人一對。

那天卓王孫家來了上百賓客，在縣令的邀請下，主角司馬相如午時姍姍來遲。歷史記載關於這事有一字之差：《史記》是「相如不得已，強往」，《漢書》為「相如為不得已而強往」。多的這個「為」，「偽」也，假裝而已，可見蓄意做作。喝酒應酬對司馬而言不在話下，畢竟是京城圈子裡混過的人。但當酒酣耳熱之際，縣令卻捧琴前來，這是為何？一則司馬相如有點兒口吃，寫作彈琴是他的強項；二則女主角也聞司馬之名而至。推辭了一番，司馬相如彈了那曲著名的《鳳求凰》：

鳳兮鳳兮歸故鄉，遨遊四海求其凰。時未遇兮無所將，何悟今兮升斯堂！有豔淑女在閨房，室邇人遐毒我腸。何緣交頸為鴛鴦，胡頡頏兮共翱翔！

凰兮凰兮從我棲，得托孳尾永為妃。交情通體心和諧，中夜相從知者誰？雙翼俱起翻高飛，天感我思便餘悲。

嘉賓們一旁讚歎曲調優雅，哪裡明白其中深意：「鳳為雄、凰為雌，男的遨遊四海找女性知己，今天這裡碰到了，多難得的一對鴛鴦；為了永遠的愛情，跟我走吧，半夜一跑，誰也不知道。」宴會結束後，王吉又通過侍婢轉達了司馬的心意。文君是位勇敢智慧的奇女子，當夜果真跑到了司馬相如的旅舍，與其相見。

一切商定之後倆人快馬加鞭，趕回司馬相如的老家成都，到後卻見司馬家家徒四壁、一無所有。兩個人過了段簡單幸福的日子，但不久便沒錢花了，卓文君於是把她在臨邛的車馬偷出來賣掉，用所換銀錢開了一家酒店。文君釀酒賣酒，掌管店務；司馬繫著圍裙，與夥計們一起洗滌杯盤瓦器。生活上充實、肉體上滿足、精神上快樂，這小日子還挺得勁兒的。卓王孫只有一子二女，在親友們的勸說之下，後來分給文君奴僕百人及銅錢百萬，還送了些嫁妝。如是，窮書生傍富寡婦的目的終於圓滿達成。

司馬剛闖江湖的時候，因敬慕古人藺相如而改名字為司馬相如，由於其才華橫溢，難免脫穎而出，雖說他沒有登堂入相過，卻也游走於朱門之間。到了五十多歲的時候，司馬相如動了納妾的心思。卓文君心想：老丫挺的，你給我死心吧！把她一生的心思，寫成了一首《白頭吟》：

皚如山上雪，皎若雲間月。聞君有兩意，故來相決絕。
今日鬥酒會，明旦溝水頭。躞蹀御溝上，溝水東西流。

淒淒復淒淒，嫁娶不須啼。願得一心人，白頭不相離。
竹竿何嫋嫋，魚尾何簁簁。男兒重意氣，何用錢刀為！

別人的老婆

孟母說過三人成虎，這話非常有道理。有野史認為曹孟德同時看上了喬太公的兩個女兒，大喬和小喬。像曹孟德這樣的大英雄，閱歷美人無數，這樣的說法多半也是以訛傳訛。這中間有三個傢伙起著推波助瀾的作用。第一個就是諸葛亮，他篡改了曹植的《銅雀臺賦》，將「連二橋於東西兮，若長空之蝃蝀。」改成了「攬二喬于東南兮，樂朝夕之與共。」人家的兩橋指的是銅雀臺的兩座輔助建築，叫他這麼一說，成了人家的兩個老婆，身為小喬老公的周瑜能不憤然大怒嗎？

第二位是杜牧，像他這種考過科舉的人，當然知道民間傳說與《三國志》的不同，也跟著起哄架秧子：「折戟沉沙鐵未銷，自將磨洗認前朝。東風不與周郎便，銅雀春深鎖二喬。」聽著像是替曹孟德惋惜似的，實際上把天大的一個黑鍋扣到了老曹的頭上。第三位是吳宇森導演，估計他原著都沒讀全，把母馬生小馬這種不靠譜的事兒，都快拍成主旋律了。

銅雀臺位於河北鄴城，是曹孟德擊敗袁氏父子以後，夜夢銅雀金光而起，然後為自己修建的一處娛樂場所。畢竟身為東漢丞相，在都城還是要裝模作樣一下，真正的實力還要掩人耳目。所以銅雀臺建成之後，先是武鬥，曹氏宗室曹仁、曹洪、夏侯惇、夏侯淵等與許褚、徐晃、張遼、于禁等鬥了個不亦樂乎。

文人們也是各顯其能，那是一場空前絕後的銅雀酒會，頌歌如潮、媚聲似海，當然其中不乏建安之風骨。無論是文功還是武衛，都及不上曹孟德的橫槊賦詩：「對酒當歌，人生幾何？譬如朝露，去日苦多……山不厭高，海（水）不厭深：周公吐哺，天下歸心。」不管曹操做不做皇帝，他都是三國中神一般的存在。

在曹魏時期，銅雀臺是文人的天堂，三曹和建安七子都在這裡留下了不朽篇章，連那位年輕漂亮的離異女子蔡文姬也在往事的回憶中，寫下了《胡笳十八拍》，至於曹公與小蔡有沒有私情，大家各憑想像。後來，曹家老大和老三鬧得不可開交，又演了一出七步成詩：「煮豆燃豆萁，豆在釜中泣。本是同根生，相煎何太急。」

聖人在指出人類的毛病時，說了四個字：「食色性也。」就是說，人的所有問題都與好酒和好色有關。有一個成語叫金屋藏嬌，是幼稚園時期的漢武帝說的，長大以後，他又藏了幾百個阿嬌。金屋藏嬌是所有人的通病，只不過視條件而定：天時、地利、人和。官渡之戰後，曹丕仗劍守在袁府之外，結果搶了袁熙的老婆甄氏，後來曹植寫了一首《洛神賦》，後代文人都附會說是他寫他嫂子的，真相如何不得而知，反正喝多了之後燈下看美人，沒有不出問題的。

前陣子，廣州出了個現代女奴案，與洛陽的比起來，多少有點兒小巫見大巫。河南那哥們兒圈養了四個年輕女人不說，還能裸聊賺錢、爭風吃醋殺人，不知是魅力或魔力。記得小時候，我們當地就有個變態的富農，把一外地女子在地窖裡關了將近三年，案發之後，在槍斃的現場，一位老光棍說：

值，太他媽值了！我要是有這麼一娘們兒，斃我八遍都行。

打老婆傷財

我下海經商剛到海南那會兒，住省軍區招待所，每天一大早，樓下的工棚總傳來打罵之聲。後來才知道，那地方的人有打老婆的習慣，而且是一醒來就打。當過兵的同事對此頗不以為然，說蒙古人打得更凶更猛，尤其是酒後，打老婆和做愛是一起進行的。此言未知真假，那幫當兵的整天站崗放哨寂寞無聊，指不定怎麼往歪了想呢？

一直以來，中國人都講究女孩貴養，有權有勢的人家更是不得了，這兩年山西煤老闆嫁女，動輒花費過億，天上是直升飛機接送，地下是勞斯萊斯成行，不知羨煞了多少苦苦奮鬥的單身爺們兒。我參加過幾次這樣的婚禮，心裡特別為男方的家長難受，不只是尷尬，娶回這麼一驕橫的兒媳婦，全家人得怎麼伺候啊！但這樣的故事古已有之，比如喜聞樂見的傳統劇碼《打金枝》。

安史之亂後，唐代宗為了酬謝郭子儀平叛首功，將女兒昇平公主，嫁給了其子郭曖，這本是皇家籠絡軍閥的慣常手段，不料在郭子儀七十壽誕那天，發生了一件著名的打老婆事件，這次事件差點兒造成了新的國家危機。那天，郭府賓客臨門，酒如海兮花如潮，到處是一派祥和的氣氛。在酒會上，昇平公主受到了眾星捧月般的待遇，所有人都對她行禮、跪拜，敬酒不說，禮品也都是雙份。年輕氣盛的駙馬左右周旋，推杯換盞地喝了很多酒。

回到房間後，駙馬爺指責妻子沒有對父母行大禮。公主當然不幹，覺得比起其他姐妹，自己已經算是十分避讓寬厚了，公主是王爺待遇，比公爵高一級，哪兒能反過來禮拜。郭曖也急了，說當初我也沒強求你嫁過來，再說，沒有我爹，哪兒有你爹，天下還不是郭家爺們兒打下來的。公主一聽更不幹了，立馬與駙馬打起來了，結果還被揍得夠嗆，只好哭著回皇宮告狀去了。郭子儀知道後，頭都要炸了，趕緊把兒子綁起來，送到皇宮準備斬首謝罪。

唐代宗可不像他老爸李隆基那麼糊塗，知道大劫過後最重要的是穩住掌兵的軍閥，同時他與郭子儀感情也十分深厚，瞭解這位士兵出身的元帥是位老實厚道人。所以，他親自為女婿解了綁，讓他去跟妻子道個歉，囑咐一定要把公主領回郭家，並且半點兒沒提「誰爸厲害」的敏感話題，還笑著對郭子儀說了一句流傳後世的家常話：

不啞不聾，不做親家翁。

通常，窮人喜歡打老婆，富人們則找一群老婆，讓她們之間互相耍心眼兒，偶爾也有打的，或為了家規，或有點兒變態。我們在酒局上常談這個話題。有一次，保定的一個算命先生道出了不能打老婆的奧妙，他說因為老婆和父親通常代表男人的財星，而且老婆為正財，父親為偏財。打老婆的通常都把錢財給打跑了，所以那些真正的有錢人，哪怕老婆再胖、再醜、再老，也都奉在家裡供著。

這年頭，誰敢跟錢過不去啊！

老大的女人

我生長在「文化大革命」時期，那時人們對男女問題都很敏感，甚至會上升到革命的高度來看這一問題。記得那會兒老家隔三岔五就會鬧出些男女傳聞，最嚴重的，當事人要帶高帽子遊街，脖子上還得掛一雙破鞋，這成為當時最刺激的情景劇。不過，更多的只是大人們私下議論議論，用來過過嘴癮，調劑一下乏味的生活，而且緋聞男主角往往都是單位領導，尤其是一把手。

改革開放三十多年以後，男女關係完全多元化了，有權有錢的人可以隨意從酒吧歌廳、桑拿按摩等場所尋芳獵豔，庸脂俗粉恰如野火春風一般遍燒舉國各個角落。即使如此，單位裡的這種事始終不絕於耳，而且更現實更直接，較之以前有過之而無不及，個中滋味，值得細品。

在任何朝代，圍繞在老大們身邊的總離不了三種人：敵人、小人和女人。敵人很容易理解，寶座周圍有三五個覬覦者太正常不過；而投其所好的勢利小人，也永遠都不缺乏；至於美女，特別是身邊的美女，其實也是老大們自身權力的一種象徵。這類能和老大們勾搭到一塊兒的女人天生具有「女一號」情結，習慣於搶尖兒邁上，來一個老大好一個，老大常換，而故事情節總是不變。勾搭的結局因人而異，有的家破人亡，有的借機上位。這類人更多的讓人可憐之餘，覺得可恨。本篇要講的酒局叫「絕纓會」，正是關於老大和女人的，不過很陽光。

西元前六五〇年，楚莊王平定叛亂之後，招待群臣，大擺「太平宴」。那時候，酒的度數不高，娛樂節目很少，所以人們喝起酒來沒完沒了。為了盡興，莊王忽然叫出了最寵愛的小老婆許姬，把盞敬酒。此時天色已晚，燈下美人飄然來去，鶯聲細語，宴會的氣氛頓時達到了高潮。說來湊巧，殿外突來一陣大風，吹滅了本就搖曳的蠟燭，全場頓時一片漆黑。忙亂之中，許姬忽然奔回，向莊王訴告剛才有人伸進她的衣服亂摸，她奮力掙脫後，順勢揪下了那人繫在帽盔上的纓子，特來請大王做主，並查出妄為之徒。

哪知莊王聽罷沉思片刻，下令且慢點燭，高聲言道：「今兒喝得這麼開心，諸位把頭盔上的纓子都摘下來，放到一旁，繼續喝個痛快。」蠟燭重啟，酒宴依舊，君臣們無不盡歡而散。席後，許姬覺得很是委屈，莊王安撫她說：「為了慶祝，我請功臣喝酒，怎可因為酒後失德這種事，讓他當場出醜呢？豈不寒了眾人之心！」

兩年以後，楚國興兵伐鄭，戰事頗不順利時，一員小將奮勇當先地殺出，五次交鋒都首先打退敵軍，誓死捍衛在莊王左右，並最終殺到鄭都。論功會上，楚莊王怪而問之，自覺何德何能，使勇士如此效命？這名叫唐狡的副將愧然道：「絕纓會上那該死之人就是我啊！一直等到今天在下才得以以死相報！」在場之人無不感慨萬千。

在《東周列國志》裡，與絕纓會相提並論的是秦穆公贈酒。秦國的一批良馬被野人們所盜，野人們烤食之際，忽然有人送來大量美酒，說是穆公所贈：「美食豈可無美酒相伴。」後來救了秦國君臣的正是這批為恩所感的野人。對老大們來說，寬宏大量尤為重要，所以，這二位成了春秋五霸中人，不足為奇。陳子昂為此寫道：「秦穆飲盜馬，楚客報絕纓。」

歷史上這樣的例子很多，我印象深刻的還有一件。胡雪岩為了結交貧寒中的王有齡，酒席論交，把自己的美妾都送了出去。在老大們心中，事業永遠是第一位，女人揮之可再找，但機會一去不復來！溫州有位司機在自己老闆去世後，娶了其夫人，白撿了幾十億家財。有一次酒後，這小子感慨地對友人們說：

我一直以為是我在為老大打工呢，哪知道老大這輩子都在為我打工。

有意識的瘋癲

有一次我和朋友去做足療，其間足療間的電視裡幾分鐘時間播放了好幾個白酒廣告，旁邊同去的貿易公司老總對廣告詞頗不以為然，捏腳的河南小姑娘挺愛說話的，激將道：「老闆也做一個嘛。」那老總瞪了她一眼，然後道來：「對酒當歌，人生幾何？譬如朝露，去日苦多。慨當以慷，憂思難忘。何以解憂，惟有杜康。」幾個女孩聽了都有點兒朦，問這是廣告詞嗎？他說當然了，是杜康酒的廣告。

這八句《短歌行》還真像廣告，而且十分精闢：「美酒當前，人生是什麼呢？如同早晨的露水一般短暫，未來的苦難還有很多；無論人們如何慷慨，這種憂思都是難以排解的；算了吧，繼續喝酒，只喝杜康。」曹孟德認為杜康賦詩銅雀臺，既有哲學高度，又含細膩心思，感動了後世所有酒徒，真正的酒家絕唱。

關於杜康，有三種理解：其一認為杜康是酒的品牌；其二認為它是所有美酒的統稱；其三認為杜康乃酒的始祖。杜康酒在曹操時代一般為酒的代名詞，各地都有出產，作為釀酒技術的發明人，史上也有其人，所以杜康先生不必專美於後。

在中國有數百種行業，每種都能拐彎抹角地拜出自己的祖師，如傢俱業的魯班、教育界的孔子，連妓院都供奉著管仲，但酒業相關的神、聖卻五花八門，其中相對令人信服的有四位：儀狄、杜康、劉白墮和焦革，特別是杜康。儀狄是上古時期夏禹的大臣，傳說創制了「酒醪」——一種近乎酒的汁液，不過此人只是傳說中人；劉白墮是北魏的釀酒家，他在洛陽城西釀成的美酒，在烈日下曝曬十日也不走味，能使人「醉而經日不醒」；焦革是隋末人，同樣是位釀酒大師。

杜康，據記載為周姓，可能是周朝人。現在的汝陽縣和伊川縣交界處有家杜康村，那裡有不少關於杜康的傳說。據說當年周宣王欲殺大夫杜伯，朋友私下放走了他的長孫杜康。那孩子當時才七歲，後來為財主放羊長大，有次他將剩飯放在桑樹洞裡以備餓時享用，但時間一長，杜康把這事兒給忘了，後來想起去看時發現樹洞裡散發出了一種郁人的芬芳。杜康把這種液體收集起來，便發明了酒。以上傳說肯定有後人牽強附會之處，但沒有爭議的是，這裡真是著名的酒鄉。

我本人更喜歡另外一個說法。杜康家族本係劉姓，周武王滅掉商紂後，封他的祖上到杜地為官，但後來被宣王斬首處死。這個家族為了避禍，逃到了晉國。此後，其子孫以杜為姓。其中的杜康偶然發現了剩飯可以釀出一種迷醉的液體，就獻給了王室。當時早有這種「醴糟」，只是味道不夠，晉公下令杜家三天內對其進行改良。但杜康只是偶得美酒，並不知道怎麼改良，就在他們一籌莫展之際，有神仙托夢給杜康：如此這般等等。第二天杜康站在村口槐樹下，用茶水慰勞路過的人，同時請他們刺一滴血給他，願意滴血的人中第一位是文人，第二位是武士，第三位是傻子。

稍後，晉公在王宮舉辦盛大的宴會，專門等待杜康發明的新酒。杜康把混合了三個人血液的酒，帶來獻了上去，貴族們一喝果然味道濃鬱，喝著喝著，還開始手舞足蹈起來，最後醜態百出，跟傻子一樣，整個場面狂亂不堪。

酒是上天對人類生活的一種調劑，少飲為雅，多飲太魯，過飲則傻。與杜康幾乎同時期的一位古羅馬哲學家，也在為同胞們嗜酒發愁，他總結說：

醉酒不過是有意識的瘋癲。

詐馬宴

明末，在漠北草原，乞顏部酋長也速該一天騎馬閒逛時，發現路邊有一攤疑似女人的尿跡，尿得非常深。按蒙古人的習慣，這種女人生出來的孩子往往了不起。於是也速該率手下兄弟打馬狂追，追到後不管三七二十一地就把人家搶回來做了老婆，不久後這女人懷了孕。胖小子降生時，部落正好俘虜到一個塔塔兒勇士，蒙古人認為用這人的名字，可以獲取其勇氣，於是這孩子的名字就定為：「鐵木真」。傳說孩子出生後，手中拿著一血塊，寓意上天授予其掌持人間的生殺大權。

那時，蒙古高原部落林立，蒙古人、塔塔兒人、克烈人、乃蠻人、篾兒乞人、斡亦剌人相互攻戰不止，鐵木真在父親遭暗算後召集舊部，歷經多年征伐，在鐵與血中屹立而起。一二〇六年，鐵木真在斡難河召開忽裡臺大會，建大蒙古國，即大汗位，號成吉思汗。這次「罕難河大會」酒如海、肉如山，意味著全蒙古部落終於聚集在了一杆王旗之下。

忽裡臺大會為蒙古國的最高國事會議，初期幾任大汗皆由該會議推舉產生或認可通過，直至忽必烈時期，黃金家族內部爭鬥空前緊張，很多成員反對皇帝過分偏向中原的政策，而忽必烈本人乾脆廢止這種具有民主雛形的國會，於是開始出現分裂傾向，此後四大汗國雖然名義上為元朝屬國，但與中原已有分別主權。

作為高原國家，蒙古有著四面見海的戰略目標，它橫掃歐亞大陸，內部的宗教政策很寬鬆，佛教、道教、伊斯蘭教乃至東正教各行其道。

蒙古騎兵是當時世界上最強大的軍事力量，每人數匹馬，可以邊走邊睡，連續行軍一個月以上，士兵對火藥運用如同臂指，屠城戰後幾乎無人敢正面抵抗。

蒙古族的最高宴會為詐馬宴，「詐馬」蒙古語意為去除毛髮的家畜，詐馬宴就是分食整羊整牛。「詐」字還有體面、俊俏之意。

詐馬宴用牛羊上萬隻烤制全羊及全牛等，還有馬奶酒、白酒和葡萄酒，這還是一般用膳，其宮廷名肴有一百零八珍：紫駝蹄、麋鹿脯、駍肉、熊掌、飛龍等。

宴會不僅氣氛隆重，而且禮儀繁縟，忽必烈在上都城大宴三日，喝了醉、醉了醒、醒了喝，除去美酒佳餚，席間摔跤手捉對角鬥、舞女們輕歌曼舞，場面熱鬧非凡。

盛行於北方的「涮羊肉」，其吃法就源於忽必烈。南征途中，廚師正做著清燉羊肉，忽報有敵情，饑腸轆轆的忽必烈心情急躁，搶過駁刀切下十幾片羊肉，往鐵鍋沸水中一拋，撈起便吃。打完勝仗了，他又欽點了這道菜，後來成了蒙古宮廷的必備菜。

忽思慧是元仁宗（註4）的飲膳太醫，他於1330年編撰了中國歷史上第一部宮廷禦膳譜《飲膳正要》，內容涉獵廣泛，共分三卷，該書卷三中記有：「味甘辣，大熱，有大毒。主消冷堅積，去寒氣。用好酒蒸熬取露，成阿剌吉」。

這是關於我國燒酒——蒸餾酒的最早文字記載。忽思慧首倡個人衛生，提出了「食物中毒」這一術語，防止病從口入，連飯後漱口、早晚刷牙、晚上洗腳等都寫到了，對於養生，他強調：

爛煮麵，軟煮肉，少飲酒，獨自宿。

註4：元朝第四位皇帝。

賣馬與放妓

大學讀書時，我們宿舍裡常有各種討論，一共才九個人卻分成好幾個派別：一種是對什麼事都持樂觀的態度，凡事往好處想的樂天派；一種是懷疑一切的悲觀主義；剩下的喜歡和稀泥，比較中庸一些。有次說到這個，來自錦州的室友發問：「樂天派？為什麼不叫樂地派、樂人派？」一時被他問住了。我急中生智地回答：「樂天指的是白居易，樂天派是說要像老白那樣生活。」

這種說法當然也是強詞奪理，因為我那時對白樂天瞭解甚少，只知道他的一個小故事。他十六歲到長安，拜見大佬顧況，人家還拿他的名字開玩笑：「長安物貴，居大不易。」等翻開詩卷，讀到「野火燒不盡，春風吹又生」兩句時，顧況不禁連聲讚賞：「有句如此，居亦何難？」後來讀得多了，方曉得白居易此人不簡單。

論起詩詞的數量，白居易傳世二千八百多首，居唐代詩人之首；論品質，幾乎沒有應景之作，僅一首《琵琶行》就造出了十多個成語；論名氣，日韓兩國曾公推他為第一，白詩千年高居主流地位；論境界，絕非蘇東坡他們可比；論詩酒風流，大小李杜都望塵莫及。

白居易自家釀酒，引得劉禹錫、裴度等人垂涎三尺，他作詩道：「開壇瀉罇中，玉液黃金脂；持玩已可悅，歡嘗有餘滋；一酌發好客，再酌開愁眉；連延四五酌，酣暢入四肢。」據記載，白家有池塘可泛舟，他命人在船旁吊百餘隻空囊，裡面裝有美酒佳餚，隨船而行，要吃喝時，拉起便是，直到興盡而歸。白居易到野外遊玩時，乘坐的車內有一琴一枕，兩邊的竹竿高懸兩隻酒壺，他帶抱琴引酌，好不瀟灑自在。

或值良辰美景，家中高朋滿堂，先拂酒壇，次開詩篋，後捧絲竹，所謂飲酒、吟詩、操琴，高雅之至。白府樂隊水準極高，可以演奏《霓裳羽衣》，歌舞團更是了得，美女如雲，盡為樂天大人的私孌。他的詩中有姓有名的都很多，最出名的當然是善歌的樊素和善舞的小蠻，並詩曰：「櫻桃樊素口，楊柳小蠻腰。」現代人審美的櫻桃小口與楊柳細腰，正出自這位白老先生之口。

無論怎麼高雅，都抵不住歲月的消磨，白居易老年多病，決定賣馬和放妓，過清淨的生活。但那愛馬不肯離去，反顧而鳴，樊素拿這作喻暗示放妓如霸王別姬。拖了幾年，愛妾們還是送走了。歷史上有種說法，白居易放妓與一件事有關，那就是他無心逼死了名妓關盼盼，內疚之下，為讓自己好受些，他就還樊素等自由。

那是場著名的「燕子樓酒宴」。當時徐州守帥張愔為愛妾關盼盼修了一所風景絕佳的別墅——燕子樓。有一次他在這裡接待了好友白居易。關盼盼為天下聞名的大才女，對老白仰慕已久，於是她親自歌「長恨歌」，獻《霓裳羽衣舞》，白居易看後贊道：「醉嬌勝不得，風嫋牡丹花。」後來關盼盼在張愔死後，獨自寡居燕子樓十年，與白時有歌賦來往。有一次白居易的詩裡說她只能守節，不能殉節。關盼盼回道：「兒童不識沖天物，漫把青泥汙雪毫。」意思是，慣看秋月春風的詩人哪裡懂得傷心人的情愫，然後絕食而死。

白居易隱居洛陽龍門山十八年，研修佛學中最難的唯識，寫了好多閒適詩，開創詩歌淺切平易的新樂府時代。他七十五歲辭世時，李商隱為他寫墓誌銘。白居易提倡「中道」，講求內心的隨緣合物，這對過現實生活的當代人是種很好的調劑，尤其是那首《中隱》：「大隱住朝市，小隱入丘攀……」

才女的酒色人生

所謂才女，不光需才華橫溢，還要有些光怪陸離的遭遇，並帶有某種宿命的色彩。唐代的李冶、薛濤、魚玄機就是最典型的三位。李冶五六歲時，在庭院裡有模有樣地作了一首《詠薔薇》：「經時未架卻，心緒亂縱橫。」因為「架卻」與「嫁卻」諧音，她的官僚父親歎氣說道：「此必為失行婦也！」果然不幸被言中。李冶與陸羽、釋皎然以及劉長卿關係都很密切，其詩非常有格調，一首《八至》顯示出了這位才女的才氣：

至近至遠東西，至深至淺清溪。至高至明日月，至親至疏夫妻。

另一位千古名妓薛濤也是如此。據說她八九歲就知聲律。一天，其父對著家裡的梧桐吟道：「庭除一古桐，聳幹入雲中。」殊不料，這小丫頭應聲而對：「枝迎南北鳥，葉送往來風。」如此工整和韻，卻讓其父黯然了許久。薛濤很早喪父，與母親相依為命，由於風姿絕代又善辯能賦，與十幾代四川總督都交往甚深。在成都有不少關於薛濤的古跡，比如薛濤井和薛濤酒，最有名的還有「薛濤箋」。

三十八歲的時候，薛濤與小她十多歲的元稹雙宿雙飛。可當情郎遠行為官之後，薛濤不得不甘於自己的歌妓生涯，她寫過一首《春望詞》：

花開不同賞，花落不同悲。欲問相思處，花開花落時。

在成都這樣的溫柔鄉，薛濤得以終老，總還是幸運的。但李治就不行了，她曾因上詩叛將朱泚，後來被德宗下令亂棒打死，與其命運相近的是晚唐的魚玄機。這位命運多舛的詩人原叫魚幼微，據說十幾歲的時候以江邊柳為題，與溫庭筠唱和，詩曰：「翠色連荒岸，煙姿入遠樓。影鋪春水面，花落釣人頭。根老藏魚窟，枝底繫客舟。蕭蕭風雨夜，驚夢復添愁。」

魚玄機後來嫁給李億為妾，因不容於大婦而被趕出家門，既然「易求無價寶、難得有心郎」，魚玄機就索性出家做了女道士，並公開在鹹宜觀寫下「魚玄機詩文候教」的邀戰書，與大唐的各路才子打擂。當然多才又對路的，也摟草打兔子地做了入幕之賓。後來，魚玄機懷疑婢女綠翹與自己的情郎有染，鞭笞綠翹時失手打死了她。結果魚玄機被官府公開處死以抵命，年僅二十六歲，實在可悲可歎。

我一直在想著這幾位才女的無常人生，總覺得缺少了點兒什麼，後來某日讀起易安居士的詩集，才有些安心：正是無常才成就了千年來最動人心魄的四大才女啊！與前三位不同，李清照的詩一半以上與酒有關，飲酒的趣味雅興多有不同。比如《如夢令》：「常記溪亭日暮，沉醉不知歸路。興盡晚回舟，誤入藕花深處。爭渡，爭渡，驚起一灘鷗鷺。」就引起較大爭議，很多人認為十幾歲的女孩子能不能喝到沉醉。我倒覺得或許別人不能，李清照沒有不能。

第二首《如夢令》更是如夢如幻：「昨夜雨疏風驟，濃睡不消殘酒。試問捲簾人，卻道海棠依舊。知否？知否？應是綠肥紅瘦。」那是一場可以想像但不能描述的酒局，金石學家夫婦的感情世界肯定是豐富的，酒席肯定是奢靡的，情趣肯定是高雅的，但這些都擋不住驟風疏雨之下的花落葉綠。

《醉花陰》的格調又低落了一些，那種相思是哀歎不出來的：「薄霧濃雲愁永晝，瑞腦消金獸。佳節又重陽，玉枕紗廚，半夜涼初透。東籬把酒黃昏後，有暗香盈袖。莫道不消魂，簾卷西風，人比黃花瘦。」據說這詩寄給趙明誠之後，這位老兄把它與自己的十來首混在一起，給高人陸德夫看，陸德夫把玩再三，說只三句絕佳。趙明誠問是哪三句，答曰：「莫道不銷魂，簾卷西風，人比黃花瘦。」

趙明誠死後，李清照攜著萬貫家財流落他鄉。後來假才子張汝舟沖著李清照的錢而來，花言巧語騙了她，但當時李清照與趙明誠的收藏幾經顛沛已所剩無幾，所以張汝舟與不再有錢的老富婆結婚後只敷衍了一個月，便露出真相。這時的李清照做《聲聲慢》：「尋尋覓覓，冷冷清清，淒淒慘慘戚戚。乍暖還寒時節，最難將息。三杯兩盞淡酒，怎敵他晚來風急！雁過也，正傷心，卻是舊時相識。滿地黃花堆積，憔悴損，如今有誰堪摘？守著窗兒，獨自怎生得黑？梧桐更兼細語，到黃昏、點點滴滴。這次第，怎一個愁字了得？」連少女情懷的林黛玉都不忍讀下去，可見第二次婚變對李清照的打擊有多大。

李清照悲情，但她從來沒有自怨自艾，而是抱定一種隨許世俗的超然情懷，像一位路過世間的仙子，不經意地為人間留下了最深刻的感懷。當年趙明誠縋城逃跑，讓她對丈夫的最後一堵信任城牆也崩塌了，於是她寫下了那首《夏日絕句》：

生當作人傑，死亦為鬼雄。至今思項羽，不肯過江東。

千萬嫁女

兒子好還是女兒好，對想要孩子的家庭來說，從來都是個問題。前幾天，我在網上看到了一種說法，覺得很好笑。那傢伙對比郭××和李××兩個事件，評論說：「現在要女孩還是比男孩強，因為女孩坑的是乾爹，男孩坑的是親爹。」

我個人覺得兒子比女兒好些，男孩可以放養，長大了，自己去闖江湖；而女孩無論混得好不好，一輩子都是父母的牽掛。反對我的朋友說，還是女兒好，兒子結婚要房要車，沒個百八十萬是娶不到媳婦的。其實這事並無定論，出多少錢關鍵看是你自己是個什麼樣的爹，現在都是一個孩子，真正有錢的父母嫁女不見得比娶媳婦花錢少。

最轟動的嫁女大多在山西，由於文化傳統的原因，這裡的老闆非常愛惜自己的女兒，對嫁女這件事看得比自己的臉面還大、比自己的命還重。之前轟動一時的七千萬嫁女事件，可是讓媒體開了眼，那一排排的豪車、一架架的飛機、一艘艘的遊輪競相媲美，比好萊塢的〇〇七大片都要氣派。尤其是婚宴上的明星表演，比當年的春節晚會還要奢華。你能想像到的大牌明星幾乎都去了，麗思卡爾頓和希爾頓等酒店都被包了下來。

有朋友說，這位老闆驚動了媒體，有些得不償失。其實不見得有那麼嚴重。有錢就花，本來就是自己的自由，炫富並不都是壞事兒。像西方的一些古老家族，在婚禮上花的錢又何止是一兩億美金，只不過人家更低調，更有文化感，給世人留下的是恒遠的美好回憶。

近些年，英國王室的婚禮非常惹人注目，查理斯王子與戴安娜演繹了現代版的灰姑娘傳奇。隨後是二〇一一年四月二十九日威廉王子和米道頓的教堂婚禮，那是一場無與倫比的夢幻婚禮，比世界盃足球決賽觀眾還多的人觀看了現場直播。我就是其中之一，當時最大的感覺就是美好和沉醉。

我參加過一次朋友的嫁女婚禮，七千萬是用不了的，七百萬肯定沒問題。不知怎的，我當時心裡總是有些不得勁兒。新郎一方的家人臉色都很冷，坐在一旁像沒事兒人似的。只有新娘父親上下左右地奔走，抱拳打招呼，比新郎忙乎多了。他和老伴坐在一起，為新郎新娘一件件地送禮物，並把百萬現金交給了閨女。我們私下議論：用張支票不就結了？這麼張揚不怕被搶嗎？

有位大哥屬於特別有錢那一類，交遊極廣，幫過好多人。早在幾年前，不知多少人向他打招呼，說一定要參加他女兒的婚禮，畢竟他只有這麼一個孩子。男方和他們家商量。這位大哥說，就兩百桌吧。見人家為難，他才說，既然這樣，索性就辦一桌，兩家六口人在一起吃個飯就行了。辦婚宴的房間很大，桌子周圍只坐了七個人，因為新郎的舅舅非參加不可。這位大哥給小倆口的禮物是一張卡，估計七八位數之間，他說：

「拿去學習炒炒股票，畢竟這是你們的專業。好好過日子吧，這比什麼都重要。」

不叫喚的鳥

中國民營企業發展了三十多年了，魯冠球、張瑞敏乃至王石等創業者，已經淡出或退出了第一線，第二代接班已成事實。雖說「富二代」裡面良莠不齊，但怨其不爭確實是很多大佬心中的難言之痛，這一點沒有比李××的二進宮更能說明問題的了。關於此我講一個春秋時期楚莊王芈熊侶的故事給大家勵志一下。

南方的圖騰為鳳，北方的圖騰是龍，很多時候南北的差別都在這龍鳳文化之間，而夾在中央的就是古代文明的中心——洛陽盆地。先秦時，南方最強大的是楚國，即兩湖及周邊的各大部落，其首領為有熊氏，是黃帝的子孫，祖上做過周文王的帝師。東周初年，討封于周桓王，冊為子爵，人稱「楚子」。後來楚子坐大，直接邁過了「公、侯、伯」三道坎兒，僭越稱王，中原各國當然不認帳了，為此沒少爭吵、動手，但誰也沒把誰怎麼著。

經過十幾代的勵精圖治，熊通一崛而起，號為「武王」，在位五十一年；繼位的兒子「文王」也是一橫主兒，獻「和氏玉」那人的腳就是叫他砍下來的，他娶了裝啞巴的息夫人；他們的兒子楚成王更厲害，逼死了老爸，與中原打得一塌糊塗，可惜遇到了五霸之首的晉文公；楚穆王同樣驍勇善戰，不過也只留下很多歷史故事而已。

楚國的老大們有幾個特點：絕對爺們兒；殺人逼宮；極其貪玩兒，又能改邪歸正。年輕的楚莊王亦如此。他曾喜歡過一匹寶馬，寵愛得不得了，死後非要按大夫禮儀厚葬不可，誰勸殺誰。優孟於是玩兒起了「楚式」幽默：大王，這麼好的馬得以君王之禮待之啊！莊王樂了，得了得了，別跟我耍小聰明，隨便埋了吧。

這時的楚國內憂外患，天災不斷，附屬的庸國反叛，「附庸」就是這麼來的。莊王無能為力之餘，索性裝傻充愣，採取抱殘守缺的策略：與其多動，自曝其短；不如不動，靜觀其變。莊王諸事不問，遊獵戲耍，天天舉辦酒宴，載歌載舞、不醉不散，用酒席來代替辦公桌不說，還立一牌子：「進諫者，殺毋赦！」

三年過了，老臣們急了，伍舉闖進來，說有個謎語，特來請教。楚莊王醉眼朦朧地聽著，謎語是：「楚京有大鳥，棲上在朝堂，歷時三年整，不鳴亦不翔。令人好難解，到底為哪樁？」伍舉說：「大王，您猜猜這究竟是隻什麼鳥呢？」楚莊王笑了，回答說：「這可不是隻普通的鳥啊！三年不飛，一飛沖天；三年不鳴，一鳴驚人。你等著瞧吧。」伍舉聽了高興地退了出來。

過了段時間，莊王還是喝酒打獵玩兒女人，蘇從心想別打什麼啞謎了，直接到酒席上號啕大哭吧：「我太傷心了，楚國完了。」莊王說：「你這老頭兒真傻，不怕我宰了你嗎？」蘇從說：「我才不傻呢。我死了青史留名，傻的是你，怎麼去見列祖列宗啊！」莊王深為感動，也覺得時機成熟了，於是罷掉酒宴，解散歌舞，開始了爭霸大業。

所謂幹大事，該做什麼不難知道，關鍵在於什麼時候做、怎麼做。楚莊王謀定後動，出手不凡，先是雷厲風行改革吏治、強化軍事、發展農桑；然後與齊國暗通款曲，傾力滅掉庸國等山戎勢力，震懾拉攏緩衝地帶國家宋、鄭、陳、蔡國，並不失時機地一舉擊敗晉國。最後終於飲馬黃河之邊，會盟十四國諸侯，成為春秋霸主。最牛×的是問師周王室：九鼎的大小輕重如何啊？這就是「問鼎中原」的來歷。

莊王曾寵信大臣虞邱子，夫人樊姬卻說：「我跟隨大王十一年了，推薦了二位勝過我、七位相當於我的後宮妃子，為什麼呢？因為她們賢德淑惠，能與我一起侍奉您；虞邱子正直能幹，可為什麼這麼多年沒能推薦賢人呢？這是不忠不智啊！」虞聽說後，十分慚愧，舉薦了孫叔敖替代自己，輔助楚國大治，使莊王達到了霸業的頂峰。

但楚國幾代以後就衰落了，很符合盛極而衰的規律。我們溫故而知新，無論是國家或企業，權力過渡都需要幾點：一是留一套好班子；二是身邊有個好女人；三是企業有種好文化；四是堅持一套好制度。

最重要的是接班人要有適度的野心，沒野心幹不成大事啊！

醉翁之意不在酒

傳說中國人民大學的一幫同學三十年後都功成名就，相約搞了一次聚會。酒宴上，大家喝著喝著就都有點兒高了。阿成誇當年最漂亮的女生娟子嫁得好。娟子瞥了一眼旁邊的丈夫，對阿成說：「你要是和我結婚，這市長就是你了。」大家全樂得不行。經濟學家阿成當年苦追娟子未果，這時舉杯相敬：「醉翁之意不在酒。」娟子自然聽得出弦外之音，回應說：「醉酒之意不在翁。」哥幾個怕玩兒大發了，都用眼睛看市長大人，市長卻灑脫一笑：「醉酒之翁不在意。」

這個酒局段子很幽默機智，還讓人感到有些溫馨。不過，歐陽修比以上幾位還要好玩兒。據記載，在一酒局上，酒過三巡，在坐者開始行令，約好每人作兩句詩，內容必須是犯罰徒刑以上的罪行。一人說：「持刀哄寡婦，下海劫人船。」夠凶了吧？另一位更狠：「月黑殺人夜，風高放火天。」輪到歐陽修了，說的卻是：「酒粘衫袖重，花壓帽檐偏。」眾人不解欲罰，他言道：「酒喝到這份兒上了，紅袖添香把帽子都壓歪了，什麼罪也能犯下了！」眾人嘆服之餘，都陪他喝了一杯。

歐陽修廬陵吉水（今江西）人，四歲喪父，隨叔父在湖北隨州長大。因家貧，母親用蘆葦教他在沙地上學字、畫畫。他自幼喜愛讀書，借書抄讀，十歲時已出人頭地。這是歷史上著名的勵志故事。歐陽修後來成為文壇領袖，負責修《新唐書》，並堅持寫上做具體工作的宋祁的名字，在二十四史中，唯此一部有倆作者。

除了大是大非，歐陽修始終有種「遣玩的意興」。一次，他做主考官，發現有位考生名字竟與其相同，很是不高興，在批語後附加一聯：「藺相如司馬相如，名相如，實不相如」。不想這位後生恁地有才，接卷後立即對出：「魏無忌長孫無忌，彼無忌，此亦無忌」。歐陽修頓時拍手稱絕，將其補錄。

一生兩次大的官場起伏，歐陽修都與「亂倫」的惡名相關。一次是妹妹寡居回家，帶來的繼女與家奴私通，到開封府審訊時無端捏造出了與舅舅的醜怪之事。但那時她才十歲，眾人都認為不可能。這時政敵卻舉出歐陽修的《望江南》，一口咬定寫的就是這事：

江南柳，葉小未成蔭。人為絲輕那忍折，鶯嫌枝嫩不勝吟，留取待春深。

十四五，閑抱琵琶尋。堂上簸錢堂下走，恁時相見已留心，何況到如今？

就內容而言，這詩更像是古代版的洛麗塔而非戀童癖，不管怎麼說，歐陽修受此牽連，被貶出任滁州，但那段時間卻正好讓他將散文風格發揮到了極致。第二次是在晚年，他一手提拔的小弟借一首詩攻擊他與大兒媳有染。折騰了好久，總算查清楚並無此事。歐陽修卻堅持告退，終老於潁州。

說起來，宋朝的階級鬥爭還是文明的，既不砍人頭，也沒有一棍子打死，而且弄些詩文，多少尚有意趣。在洛陽為官時，錢長官大排宴席，樂和了大半天，歐陽修才與相好的歌妓姍姍來遲。問其原因，原來是倆人睡著了，醒來又發現弄丟了金釵，所以才耽誤。長官說，這麼著吧，歐陽修就這事寫首詞，寫得好的話，他們一起敬酒，還賠償他一隻金釵。歐陽修果然即席而賦《臨江仙》：

柳外輕雷池上雨，雨聲滴碎荷聲。小樓西角斷虹明。闌干倚處，待得月華生。燕子飛來窺畫棟，玉鉤垂下簾旌。涼波不動簟紋平。水精雙枕，傍有墮釵橫。

滿桌捧頌後，自然是喝彩如雷。有一次歐陽修龍門賞雪，這位長官專門派廚子、歌妓趕來伺候，並捎話說：公事不忙，慢慢玩兒。這位長官當然亦非俗輩，而是大名鼎鼎的錢惟演，曾自詡：「平生惟好讀書，坐則讀經史，臥則讀小說，上廁則閱小辭。」後世傳出的歐陽修讀書三上——馬上、廁上、枕上，也是來源於此。

風流人物難做官

溫瑞安寫過一部《逆水寒》，講的是幾位大英雄復仇的故事，我如今想起裡面的情節，仍覺得熱血沸騰。主人公戚少商在逃亡過程中，連累了前情人息紅淚。於是息紅淚建了一座毀諾城，之後裡面住的都是傷心人。其中二娘唐晚晴說過一段話，令我印象非常深刻。她說，很多紅塵女子喜歡落難書生，是為了淡化自身的不幸，然而日久天長必然生厭。這種情緣裡最可悲的卻是書生本人，他們自以為豔遇風流，殊不料最後往往都會落得個欲振乏力的下場。所以，真愛一個男人，就是要追隨他，和他一起去走江湖。

中國的男人把做官看得很重，一個男人讀再多的書、有再大的本事，不當官便得不到社會的承認，連老祖宗都不認帳。在學而優則仕的體制下，很多有才的人也很風流，畢竟碰一碰比做官還是要容易一些。不過風流才子做了官，風流起來更容易，古代沒有現在那麼多道德法律框框，只是才子們盡可風流，卻往往做不了什麼大官。

周邦彥是位大才子，好權又好財。後來他做了鹽官，傍上了第一名妓李師師，無奈人家已經有相好的，官還比他大好幾級，姓趙名佶，號徽宗。有一次周邦彥和李師師幽會時，直接被宋徽宗堵在屋裡。無奈之下，他只好鑽到床下。看到人家甜甜蜜蜜的樣子，周邦彥醋意大發，不久帶有現場直播性質的一首詞開始在東京流傳：「並刀似水，吳鹽似雪，纖指破新橙……」

背運一次不算背，背運第二次才是真背。不曾想，宋徽宗再去妓院時，又趕上了李師師為周邦彥送行，據說還是名流集會，直鬧到半夜三更。皇帝老兒有點兒火了，非要看看這小子有多少能耐。結果李師師把離別詞一背，他立刻服氣了，後來也沒查周鹽官貪贓枉法的事兒，直接調他到大晟府，給了個相當於中央音樂學院校長的差事，把他晾起來了。要不是貪好風流，周邦彥哪至於被迫改行搞音樂？

古人佩服陶淵明，今人喜歡把柳永與他相提並論，有時候還把模仿小柳當成得意事。據說宣和年間，有一人在相國寺的酒局上大肆詆毀柳永。忽然有一位老太監默然起身，跪在那人面前，拿出紙和筆，說道：「既然您認為他寫得不好，您請！」

柳永屢試不第，後來才考上三甲進士，好不容易做了回縣令，倒也算兢兢業業。無奈浪蕩子的名氣太大，從皇上到宰相都覺得他不可能正經做官。有一回柳永填寫新曲，本來是在仁宗皇帝面前露臉的好機會，結果他鬼使神差，寫的詞意與皇帝給父親寫的幾乎一樣，這不是犯上嗎？結果永不被錄用。

在民間文學裡，有很多柳永的故事，一個是說他柳三變的來歷：第一變是由豪氣凌雲的書生變為牢騷失意的詞人；第二變是頂冠束帶勉強為官；第三變是黜落後變為詩酒仙人。馮夢龍把他寫得更神，說他到天下任何妓院都是免費的，寫的每一首詞都風行天下，甚至傳到皇宮。晚年柳永一貧如洗，潦倒而死。東京滿城名妓湊錢為他安葬，披麻戴孝，充作他的家人。以後每年的清明節，歌伎們都不約而至，唱著他的歌，在墳前祭掃。

其實當時官場也有欣賞他的人，無奈柳永的疲遝勁兒始終不改。有一次，宰相呂夷簡請他寫祝壽詞。柳永正好在一個酒局上，與一幫美女正喝到興頭上，既然是宰相求詩，那寫就寫吧。他一手擎著酒杯，一手在紙上一揮而就，還不忘繼續牛×，竟然呈給人家這樣的詩句：

我不求人富貴，人須求我文章。

二 叫你得瑟

笑傲江湖

我們小時候不講究讀書，但是我骨子裡愛武俠小說。我們那小縣城分東西南北關，「關」就是過去的城門，又分街道和組，孩子們遊樂期間，結幫拉派，常為些雞毛蒜皮的事兒大打出手，弄得周邊學校的玻璃幾乎沒有一塊兒是完整的。但我性喜讀書，不參與他們這些，我家裡有《三國》《水滸》，再從夥伴們那兒找些《隋唐》《三俠劍》，看完了就講給他們聽，口才便這麼練出來了。

到現在，我還是最喜歡金庸，尤其是他筆下那些栩栩如生的人物。張無忌有點兒軟弱，既不喝酒又不打架，不好玩兒；楊過太有主意了，個性太強烈，不招人待見；最親和的還得說令狐沖，孤兒而不孤僻，衝動而不盲動，好酒而不亂性，歪主意又多，每每化險為夷，盡顯江湖浪子的大條灑脫。

開篇部分，令狐沖在酒樓大肆戲弄青城四傑，一腳踢飛一位，再坐鬥大淫賊田伯光，與他賭喝猴兒酒，那種機智率性哪裡是張無忌、楊過所有的。隨後受門派冷落、情場失意，看不得洛陽王家的土豪作風，令狐沖就去綠竹翁那裡學習彈琴，捎帶跟任盈盈彈琴自娛，這都是英雄人物當有之做派。

酒物講究緣法，你是什麼，然後才會與什麼相應。令狐沖喜歡酒，而且尊重酒又懂酒，能夠細細品味天地造化的精華，從中感悟自己的人生。《笑傲江湖》最精彩的橋段是他與祖千秋論酒器，那其實就是金庸本人對中國酒文化的闡述。先看看祖千秋的造型：五十來歲年紀，焦黃面皮，一個酒糟鼻，雙眼無神，疏疏落落的幾根鬍子，挺著個大肚子，說出話來，絕對是頂級酒專家。

美玉杯——飲酒須得講究酒具，喝什麼酒，便用什麼酒杯。喝汾酒當用玉杯，唐人有詩雲「玉碗盛來琥珀光」。可見玉碗玉杯，能增酒色。

翡翠杯——飲梨花酒，該當用翡翠杯。因白樂天《春望》詩雲：「紅袖織綾誇柿葉，青旗沽酒趁梨花。」

犀角杯——關外白酒，酒味是極好的，只可惜少了一股芳冽之氣，最好是用犀角杯盛之而飲，須知玉杯增酒之色，犀角杯增酒之香，古人誠不我欺。

古藤杯——百草美酒，如行春郊，令人未飲先醉，須用古藤杯，則大增芳香之氣。

青銅爵——至於飲高粱美酒，此酒乃是最古之酒，須用青銅酒爵，始有古意。至於那米酒呢，其味雖美，失之于甘，略稍淡薄，當用大斗飲之，方顯氣概。

夜光杯——飲葡萄酒，當然要用夜光杯了。「葡萄美酒夜光杯，欲飲琵琶馬上催。」入杯之後，酒色便與鮮血一般無異，飲酒有如飲血，豈不壯哉。

琉璃杯——玉露酒中有如珠細泡，盛在透明的琉璃杯中而飲，方可見其佳處。

古瓷杯——飲紹興狀元紅須用古瓷杯，最好是北宋瓷杯，南宋瓷杯勉強可用，但已有衰敗氣象，至於元瓷，則不免粗俗了。

後來，祖千秋將酒杯一一亮出，品而飲之，可惜桃谷六仙大煞風景，啃掉了半個古藤杯不說，還毀壞了不少。

梅莊事件是全書的一個眼位，令狐沖很輕鬆地就用辨酒本事贏得了丹青生好感，救出了地牢裡的大魔頭。只是翡翠杯一段有些牽強，因為翡翠產於緬甸，直到明朝才輸入中國，何況，綠成那樣的翡翠，哪有這麼大塊兒，就是有，又怎麼有人捨得做酒杯？好在這是部小說，沒必要為此吹毛求疵。

後來，向問天、令狐沖為出獄的任我行擺「接風酒局」，卻鬧得不歡而散，令狐少俠寧死也不願失去道德底線和自由自在，這也是我們喜愛他的最大原因。《笑傲江湖》的封面是一條鯰魚，為八大山人所繪，鯰魚是一種很奇特的魚，其身上有一種十分滑膩的黏液，捉在手裡，也會被牠滑跑，所以很難捉。但是捕捉鯰魚也是有竅門的，鯰魚十分貪吃，口又大，只要在魚鉤上隨便放上一些魚餌，甚至一塊布，就可以將牠釣出水來，剖而烹之，皮滑肉細，十分可口。所以說鯰魚的自在遊蕩也是有限度的，因為牠貪吃，有了貪念，自由自在就結束了。

令狐沖愛自由，喜歡無拘無束，全不把權勢、金錢甚至世俗道德看在眼裡，但是他重情重義，這是他的一張心網。在《笑傲江湖》的後記中，金庸說：「充分圓滿的自由根本是不能的。」就是人有欲望之故。即使如令狐沖，也未能做到充分圓滿的自由。即使可以對外來的一切拘束完全置之不理，將生死置之度外，但是他過不了自己內心那一關。解脫一切欲望而得大徹大悟，不是常人之所能，令狐沖是常人，所以也不能，這是常人的悲哀。我們能和外界的力量抗衡，但始終無法和自己抗衡。令狐沖是否酣暢笑傲了江湖，或許每個人心中的答案都不同。

都怪你太牛

我念的小學叫東風小學，以前叫老爺廟，老師們的辦公室則在關帝廟內。中國人都敬關帝，即使反帝反修反封建的時候，老人們依舊告訴晚輩，關老爺是不可褻瀆的。後來讀了《三國》，我覺得關羽的武功也並非天下第一，用不著對他這麼誠惶誠恐吧。

關羽字雲長，爺爺關審，父親關毅，都是至孝至性之人。《三國演義》中描寫，關羽身長九尺，髯長二尺，丹鳳眼，臥蠶眉，面如重棗，唇若塗脂，慣使青龍偃月刀，胯下一匹赤兔馬，怎麼打量這都是一個純爺們兒。關二爺的一輩子是牛×的一輩子，他成于太牛×，也敗于太牛×，而且始終與一個酒字難脫干係。

我以前有位老闆，其處事的原則是：整人要整死，救人要救活。這句話放在關羽身上再貼切不過。他酒後殺人，於鬧市中揚長而去

（註5）；桃園三結義，一生跟隨大哥始終如一；尤其是在十八路諸侯鏖戰（註6）之時，那時他還是區區一個馬弓手，就能傲然請戰，杯酒尚溫，華雄的人頭已經在手，這是何等的豪邁豪情！他為曹操，於萬馬軍中取了顏良之首，亂軍中斬殺上將文醜，可終歸恪於恩義，過五關斬六將（註7），與曹公義斷而恩未絕。直到華容道，抬刀泯恩仇；再面對徐晃，了無罣礙；（註8）水淹七軍，威震八方。在兩湖一帶，為蜀地的大哥分憂解難，雖說丟荊州、走麥城，依舊可以傲對孫權：「虎女安可嫁犬子乎？」

《三國志》的作者陳壽比較公允，談及關張二位時，他寫道：「羽剛而自矜，飛暴而無恩，以短取敗，理數之常也。」說張飛這個人暴躁而不懂施恩，關羽剛直而自以為是，哥兒倆都因為性格的弱點而自取敗亡，這是命數。他們還有一個不同，張老三貪杯，關老二飲而有度，克己復禮。就這一點來說，關公確實更勝一籌。

面對強大的曹操，孫劉除了合作，別無選擇。但是兩湖的長沙三郡和荊州利益關係十分複雜，關雲長慨然單刀赴會（註9），快刀斬亂麻幾下

註5：關羽為河東解良（今山西運城）人士，其家族中曾有人不小心得罪了當朝太師董卓的遠親惡霸董曉峰，整個家族被滅門，關羽因入鏢局出鏢躲過了這一劫。後董的兒子在街上欺負外地到運城的客商，關羽路見不平出手殺死了董家老小一十八人，報了滅族之恨，隨之遭官府捉拿。

註6：東漢末年，天下大亂，董卓專權，欺君害民，天下人皆欲除之。曹操在刺殺董卓未遂後，回鄉招集義兵，併發檄文于天下諸侯，共伐董卓。天下十八路諸侯起兵響應。

註7：劉備軍被曹操擊敗，劉關張失散。關羽被曹軍包圍。曹操欣賞其英武，有意招降。關羽出於對劉備的忠，以及保護兄嫂不被侵犯和與張遼的情誼，同意暫時歸降曹操，但要求：一，降漢不降曹；二，確保兄嫂安全；三，如有劉備消息，便立即離去，曹操不能阻攔。曹操愛才心切，欣然同意。在關羽「歸降」後，曹操封其為漢壽亭侯，賜赤兔馬。關羽則斬顏良文醜，立下大功。但不久關羽得到劉備的消息，他立即向曹操請辭，曹操避而不見，關羽只能不辭而別。由於沒得到曹操的手諭，因此關羽一路上遭到了層層攔阻，但他憑藉一己之力過了五個曹操所轄關隘，立斬曹操六員大將。

註8：關羽在曹操陣營中與張遼交情最好，其次為徐晃。在曹操手下時，他常與徐晃切磋武藝，徐晃經常請關羽過府飲宴。關羽過五關斬六將時，徐晃有放水。

註9：赤壁之戰以後，諸葛亮三計氣死周瑜，得了荊湘九郡，其中荊州是當時軍事要鎮，為兵家必爭之地。劉備為完成三足鼎立之勢，須奪取西川以立其業，故派大將關羽鎮守要地荊州。東吳為了得到失去的土地，始終不放棄奪回荊州的想法，因此，設酒宴名為招待關羽，實為鴻門宴。宴請關羽過江到東吳，席間埋伏刀斧手欲殺之。關羽久戰沙場，熟讀兵書，早知是計，便有所準備，故而只帶領十幾個隨從人員提著寶刀輕駕小舟，單刀赴會。席間，關羽借與魯肅多年未見敘舊為由，拉著他不

就給解決了。可以想像，兩軍劍拔弩張之時，一軍之主關羽乘小船，飄然至敵營。其背後的黑臉周倉手捧大刀，但他仍然能酒喝之肉食之，談笑風生間險象環生，最終平分秋色，維持了統一戰線的大局。

現代人講究養生，有了外傷便忌酒忌腥，但關二爺刮骨療毒時是一邊下棋喝酒，一邊談笑風生，像這樣的人如果不牛×，老天都不答應！

關羽由人到神，由關公到關帝，雍正皇帝起了很大作用。據說當年關公因含冤而死，陰魂不散，到了隋朝，遇到國清寺智者大師，大呼：「還我頭來！」智者大師一語道破：「過五關斬六將之頭，誰又還來？」後來修廟，關部出力不少，佛教因其有天地正心，封之為護法伽藍（註10）。

放手，互相敬酒，實則以魯肅為人質以脫身。埋伏的刀斧手見魯肅被困，不敢輕易下手。關羽這次不僅應邀赴了宴會，更力挫東吳的銳氣，打消了孫權收回荊州的念頭。

註10：傳說，關羽後來承蒙智者大師的超度而往生玉皇大帝的天宮，經大師教化後，成為佛的弟子，並成為佛教寺院的護法神。

再得瑟點兒細節

關公溫酒斬華雄：十八路諸侯討伐董卓大戰華雄未果，大將祖茂反被華雄所斬，之後袁紹問誰人可斬了華雄，關羽主動請纓，但因身份低微而受到袁術的恥笑，說：「一個小小的馬弓手也敢口出狂言。」曹操說：「此人長相非凡，旁人焉知其為馬弓手？」於是叫人溫酒一杯，讓關羽喝了好上戰場，關羽說：「先把酒給我斟滿，我去去就回。」然後提刀就出去了。一會兒外面鼓聲如雷，喊聲大響，大家都嚇一跳，正準備出去看看外面的情況時，關羽已回到中軍帳篷，並手提華雄的頭顱，扔在地下，這時候看看開始斟滿的酒都還是溫熱的。說明關羽武功特點快而準、速戰速決。

想當年，曹操三天一小宴，五天一大宴，用盡心思籠絡關羽。但是一得知大哥下落，關雲長就掛印封金，義無反顧地棄富貴而去、為忠義而來了。其實，當時他屢次想當面告別，曹孟德都掛牌避而不見，熟讀春秋的關二爺只好畫了一幅「風雨竹詩圖」，留在居所以表其志，圖右上方的小詩曰：

不謝東君意，丹青獨立名。莫嫌孤葉淡，終久不凋零。

酒精激發的人生

我一直有個願望，就是寫本《三國群英譜》，把那個時期的君王、謀臣及武將單拎出來，逐一地品評。例如武功排行榜，向來有一呂二趙三典韋四關五馬六張飛及七許褚八劉備的說法，僅就馬超與張飛誰更厲害這問題，我和我的小夥伴們就討論了不知多少回，最後都想從評書中找到答案，結果袁闊成先生也沒給出個準確的說法。

路過三峽時，我去了張飛的廟，對他很佩服，但談不上喜歡。「猛張飛」這個角色過於臉譜化了，其實貌似兇狠的人不一定殘忍，但性格決定人生這句話是不會錯的。所以看待張飛，一定要同酒聯繫到一起，那是個由酒精激發的波瀾壯闊的一生。

《三國演義》一開場就是桃園三結義，劉備是個賣草鞋的，關羽為在逃殺人犯，只有張飛有些恆產，家丁上百，還有酒店和馬四，所以結拜儀式在張家舉行，哥仨殺豬宰羊，大吃大喝了一頓。雖然排行第三，張飛可勁兒地出錢出力氣，從這點來看，他不是個計較的人，古來幹大事兒的人都這樣，這是現代人不大好理解的地方。

劉備不僅是落魄的皇族，還有盧植這樣的良師和公孫瓚之流的學友，所以在亂世中，他的崛起並不奇怪。但官場不同於江湖，不光看功勞大小和資歷高低，還得懂規矩，所以劉備最終拼死拼活也就混了個縣尉。督郵的刁難其實在情理之中，只不過挨揍也不出人意料，畢竟削他的是張三爺，而且是酒後的張三爺。（註11）

後來因緣巧合，陶謙讓出了徐州，使劉老大一下子從落魄的縣長直接升到了省長。躊躇滿志之下，劉關哥兒倆帶兵去收拾袁術，把家交給老三看守，臨行前囑咐了他三件事：不得飲酒；不得任性；不得打士兵。結果他們前腳走，張老三後腳就喝上了，還把不善飲酒的曹豹給灌了，也給打了。沒想到曹豹的小舅子是呂布，在人家裡應外合之下，徐州丟了，直到好多年以後，劉備才在益州找到一塊像樣的根據地。雖然沒受埋怨，張飛當時確實連死了的心都有。

生活磨煉人，戰爭更鍛煉人，張三爺在戰火中迅猛地成長起來了。先是古城會，率領兄弟死等大哥；再到長坂坡，一聲喝到橋水

註11：黃巾起義爆發，劉關張三兄弟領著五百多名鄉兵去幽州投軍。隨後，劉關張在數次戰鬥中立下許多功勞。最後在各路兵馬的圍剿下，黃巾軍終於失敗。漢靈帝大賞朝廷和地方上的有功將士，有的升官，有的發財。而立下戰功的劉關張三兄弟卻因朝中無人，沒有得到朝廷的賞賜。劉備只被任命為安喜縣縣尉，掌管該縣的軍事。劉備失望地和關張二人帶領著二十多個親信到安喜上任。幾個月後的一天，有督郵來安喜，劉備帶著關羽、張飛去城門迎接。這督郵是個貪官，經常魚肉百姓，貪贓枉法，見劉備等空手相迎，便板著臉傲慢地進城。氣得關張二人青筋暴怒，要不是劉備勸著，早就把督郵拉下馬打一頓了。第二天，督郵接見劉備，厲聲問道：「劉縣尉什麼出身？」「我乃漢中山靖王劉勝之後，立功若干，才任縣尉。」劉備上氣不接下氣，直著脖子回答。督郵見狀，大罵：「好你個劉備，敢冒充漢室後裔，假報戰功。我就是奉命來審查你們這些渾蛋的！滾！」劉備急忙退出。張飛聽見劉備說了這些情況，氣得直向督郵處奔去，一進督郵屋裡，督郵還在大吃大喝。張飛一把把桌子掀翻，把督郵給拉了出來，並綁在柱子上拿樹枝狠狠抽打，打得督郵殺豬似的亂嚎起來。

倒流；赤壁之戰（註12）小顯神通；而後又把戒不了酒的許褚一槍刺於馬下（註13）。與馬超挑燈夜戰，是三爺的真性情；義釋嚴顏是三爺的好手段；而酒醉詐張郃，才是三爺的大昇華！

我從來不喜歡劉備，但對他興兵伐吳（註14）頗感佩服，關羽被殺之後一個當了皇帝的人能堅持義氣，為兄弟打一場無望的戰爭，這是一般上位者絕難做到的。張飛也是一樣，悲傷蒙蔽了他的心靈，整日以酒澆愁，拿手下來發洩，結果死在范疆、張達這樣小人的手上，甚是可惜。（註15）人的一生總在因果之內，因酒而起，又因酒而終，張三爺算不上死不瞑目。

張飛的短板在於欺下，而欺下是有限度的，涉及利益時尚可，如果危及到了對方的生命，自己的生命不也就危險了嗎？惜哉，三爺！

註12：東漢建安十三年（二〇八年），曹操打敗劉備，追擊至當陽長坂，張飛手執蛇矛，立馬橋上，大喝曰：「燕人張翼德在此，誰敢來決一死戰？」聲如巨雷，嚇得曹操回馬而走，眾將亦一起西奔，棄槍丟盔者不計其數。

註13：有一次許褚奉曹操之命去褒州運糧，路遇張飛奉劉備之命來截糧。當時押糧官見到許褚後，便奉上酒食。許褚吃醉了，半路上往回趕，碰到張飛。與張飛戰不十個回合，許褚就因酒醉敵不過而被張飛一矛刺中肩窩，翻身落馬，被敗軍救回營。

註14：關羽死後，劉備執意為弟報仇，諸葛亮等人力諫不納。最終劉備七十萬大軍全軍覆滅，劉備在白帝城含恨而去。

註15：關羽死後，張飛欲與劉備伐吳，以雪兄仇。張飛命部下范疆、張達三日內做好白旗白甲，三軍掛孝伐吳，否則殺頭。隨後，他大醉一場，臥於帳中。范張兩人料定完不成任務，於是趁張酒醉時將他刺死。

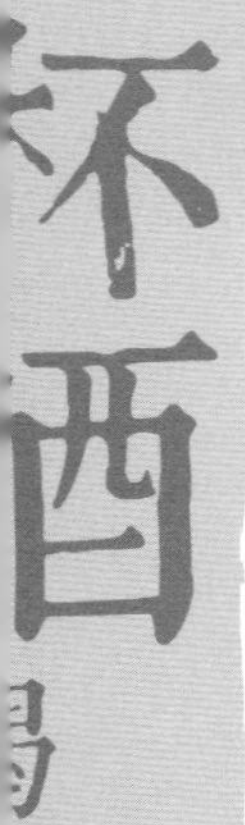

再得瑟點兒細節

漢甯太守張魯命馬超攻葭萌關。劉備得知，忙找軍師諸葛亮商議，軍師說：「馬超英勇無比，若要除他，只有張飛和趙雲二人！」但趙雲在外，只有張飛在此。張飛見馬超攻關，大叫著請戰。諸葛亮假裝沒聽見，對劉備說：「馬超來侵犯，唯有雲長才能得勝。」張飛聞言不高興，歷述自己以前的戰績後說：「我若不勝馬超，甘願軍令處罰。」諸葛亮這才答應。讓劉備親自帶兵，命張飛為先鋒。劉備領兵來到關上，馬超連三番五次叫陣。張飛屢欲下關迎戰，均被劉備阻攔。後來劉備見馬超人馬疲乏，令張飛下關克敵。張飛、馬超大戰一百回合，不分勝敗。這時天色已晚，劉備勸張飛回關，明日再戰。張飛卻大叫：「多點火把，安排夜戰，不勝馬超，誓不回關！」馬超也發誓：「不勝張飛，誓不回寨！」二人各換一匹馬，開始挑燈夜戰。又戰二十回合，馬超見不能取勝張飛，佯裝敗走。

最大忽悠

司馬公給古人做史，特別寫了《刺客列傳》，歌之為「不欺其志、名垂後世」的豪士。相對於隱忍待殺的獵人以及壯遊天下的俠客，刺客往往帶有一種陰狠以及決絕，或者某種可歌可泣的東西。我特別喜歡荊軻刺秦王的故事，因為在這個局裡，設局者的手段之高明令人嘆服，局中人的精神令人欽佩。在這個局中，主角個人的生死已經不算什麼了，幾乎所有入局者心中燃燒的都是精神。

當時，秦國統一天下已經沒有懸念，白起坑殺四十萬趙卒後，又滅了趙國，兵鋒直指燕國。一號角色燕太子丹曾在秦國做過人質，雖知天命，但仍下決心要以人力抗之。這時，二號角色出場，名叫田光，他與太子丹一起制訂了捨命一搏的刺殺計畫，但為了此次計畫保密、激發受薦人荊軻的豪情，他自願引頸而死，他是這個局中第一個殺身成仁的人。

作為主角的荊軻第三個出場，他曾遊歷過很多國家，來到燕國後，與市井裡的幾位俠士相交甚密。他們以酒會友，在酒桌上縱論天下，感歎自己壯志難酬。見到太子丹今以天下大事相托，荊軻慨然允之，但他提出了幾個條件：督亢地圖、淬毒匕首、得力助手以及秦國重金懸賞的秦國叛將樊於期的人頭。

樊於期與太子丹是生死之交。出於江湖規矩，太子丹拒絕了荊軻的要求，但荊軻直接找到了老樊，意思是：我想去虎狼窩刺殺秦王，為取得秦王信任，借你腦袋一用，可否？樊於期一笑：「何足惜哉！」遂自刎。荊軻本來自己找了一個人做助手，但是由於那人遲遲未到，在太子丹的催促下，荊軻無奈只好跟燕國一個十二歲就殺過人的秦舞陽一起出發。

刺秦的壯行酒在易水邊舉行。在場的人都穿著白衣，滿臉慷慨，杯到酒乾。太子丹作為主事人，將六國的命運都交給了刺客荊軻。史書記載，當時，高漸離擊筑，荊軻和而歌，在場的人皆同聲哭泣，然後唱：「風蕭蕭兮易水寒，壯士一去兮不復還！」在場的人又都髮盡上指冠。然後荊軻就車而去，義無反顧。

秋風如刀，裁不完無盡的落葉；易水蕭蕭，壓不住沖天的壯志。這時候談任何利益或是感情都是蒼白無力的，千古一歎，荊軻刺秦。

到了秦國，曾殺人如麻的草包幫手秦舞陽嚇得腳筋癱軟，使太醫夏無且成為本局的第七個角色。夏無且繞著大殿的柱子追殺荊軻，荊軻追著倉皇的秦王亂砍，而第六個角色秦王連刺了荊軻八劍，得以僥倖逃生。荊軻最後罵道：「事情沒有成功，是因為我想活抓你，我一定要得到約契以回報燕太子！」

不久，秦軍滅了燕國，死追燕國君臣至遼東，連累好友樊於期的太子丹也遭遇同樣的命運，被燕主借去腦袋獻給秦王。其後，第八個角色高漸離仿效酒友荊軻，以擊筑見秦皇帝，刺殺不中而身死。中國古代文人對這段歷史情有獨鍾，知名的詩篇就有上百首，權且引用一首魏晉阮瑀的《詠史詩》：

燕丹養勇士，荊軻為上賓。
圖盡擢匕首，長驅西入秦。
素車駕白馬，相送易水津。
漸離擊筑歌，悲聲感路人。
舉坐同咨嗟，歎氣若青雲。

不識時務的文人

有氣節的讀書人「可以食無肉，不可居無竹」，所以竹林也成了隱士的象徵。在道德的層面上，最高的是佛菩薩，但他們是出世的；其次是聖人，立德、立言、立功，是世間的三立完人；再次是賢者，以立德為主，立言為輔，經常以立功為恥。這些人屬於帝王師，是王公貴族、閣相大臣必須尊重的。在魏晉時期，道教為尊，佛教東來，儒教漸興，政治道德復古堯舜，操作起來是假禪讓之名而行篡逆之事。竹林七賢，就是當時最有名的七位賢者。

竹林七賢通常指的是阮籍、嵇康、山濤、王戎、向秀、劉伶以及阮咸。在三曹當政時期，七個人經常在一起聚會、傾談、飲酒、賦詩。隨著「司馬昭之心，路人皆知」的政治考驗到來，他們開始分化，這種分化帶有強烈的知識份子宿命。

阮籍為七人領袖，少年曾登廣武山，縱覽楚漢戰爭的遺址，不勝感歎「時無英雄，使豎子成名」（註16），全不把劉項看在眼裡。司馬家對他全力拉攏，想讓他的女兒嫁給司馬炎。為了不當晉朝開國皇帝的老岳父，阮籍一連醉了六十天，使求婚的人「不得言而止」。有一次，被司馬家逼得沒法，他就騎著驢去做東平相。到任後，他把衙門的門戶全部打通，為的是看四周的好景色，這樣待了十幾天，掛印而去。他主動要官的那一回是當步兵校尉，為的是那裡有善釀之人，後人遂稱他為阮步兵。隱士孫登稱他「才高而識短」，「性情峻切，難免於今之世矣」，二人蘇門山互較吟嘯，終以孫登的「鸞鳳之音」為清。阮籍揣著明白裝糊塗，種種心曲，詩中可見，如我最喜歡的《詠懷》，可能是那個時代最好的詩：

「夜中不能寐，起坐彈鳴琴。薄帷鑒明月，清風吹我衿。孤鴻號外野，朔鳥鳴北林。徘徊將何見，憂思獨傷心。」

嵇康，本姓奚，因避禍而改姓。嵇康母親去世時，他正在下棋，朋友停止不下，他卻「請終此局」。終局之後，嵇康「舉聲一號，吐血數升」。嵇康經常帶著向秀在家門前水池旁的柳樹下打鐵。那次得罪了鍾會以後，他又寫了一封《與山巨源絕交書》，說自己不堪為官者七：不堪早起；不堪危坐；不堪眾從；「非湯武而薄周孔」等。這樣不僅得罪了老朋友，矛頭還直指欲篡位者。有個小人叫呂巽，他與弟媳通姦，因嵇康居中調解而對他懷恨在心，反告弟呂安不孝。嵇康義憤，出面為呂安做證，結果觸怒了司馬氏。司馬氏趁機將嵇康收監。於是幾千太學生到朝廷遊行請願，終使其招殺身之禍。《世說新語》記載這位美男子，站起來如「孤松之獨立」，醉臥時同「玉山之將崩」，風骨雖高，卻不識時務，終於「廣陵散於今絕矣」。

向秀見嵇康被殺，不得已明哲保身，高官厚祿並沒有使他的內心得到安寧，於是寫了那篇著名的《思舊賦》。文中說嵇康打鐵，向秀

註16：出自《晉書・阮籍傳》：「嘗登廣武，觀楚漢戰處，嘆曰：時無英雄，使豎子成名。」

為他佐鼓排，呂安種菜，向秀幫他灌園。多麼美好的時光啊，而故人皆不在矣。欲言又止，文學中的這種微妙之處正是高壓政治下的共同之處。

王戎出身高門，正如金魚游走於富貴之家，文學只是玩兒票，升官發財才是本分，倒是教育出了許多優秀子弟，也算為老王家爭了光。

官至吏部侍郎的山濤本是好心，想與好友共用榮華，無奈人各有志，你自己喜歡前呼後擁，光宗耀祖，人家卻當成驢肝肺。令他沒想到的是讓他名垂千史的卻是那篇挨罵的文章。嵇康甚是激憤，說山濤就像廚房裡的屠夫，自己沾了一身的血腥汙穢，還想污染別人。

劉伶的家鄉如今出了幾十種和他名字相關的酒，他本人當時等於活在酒缸裡，他留下的作品也就是那篇《酒德頌》，留下的名言無非那句「死便埋我」。《世說新語》記載，他說戒酒需要神靈幫助，於是妻子供酒肉於神前，劉伶跪而祝曰：「天生劉伶，以酒為名，一飲一斛，五斗解酲。婦人之言，慎不可聽。」說完抓肉喝酒，一會兒就醉臥案前。

阮咸是阮籍的侄子，也是放浪形骸之士。《世說新語》記載，春夏之交，各家都把貴重物品公開晾曬，阮咸很窮，也找了一根大竹竿，上面掛著一個布犢鼻裙，解嘲說，既難免俗，權且應景。他給母親辦喪事時，與姑母的漂亮婢女發生感情。聽說她們走了，阮咸便騎著驢，不顧一切地把那個婢女搶回來。

作為讀書人，首先要有知識，其次為世之所用，最重要的還是要有獨立的人格。記得有一次，與一著名學者同桌共飲。席間，他最感驕傲的是前幾天與某領導人的夫人見過一面。或許是酒精的作用吧，他滿臉放光地把這事說了三次。真是世風日下，可悲可歎！

狂人的資本

社科院研究生院建在臨河的一塊菜地上，一九八五年各分院才從四處集中到西八間房，由於女少男多，週末時學生們三三五五地往其他高校跑，實現陰謀的成功率雖低，卻樂此不疲。那時候我們每年都上街遊行，或者踢球、唱搖滾，很少有宅男。那個時候流行一句話：讀書在清華，鬧事看北大，找女朋友去北師大。

我對北大情有獨鐘，喜歡北大人那副相互不服的勁兒，其實人狂點兒沒什麼不好，關鍵是你得有狂的資本。北大的狂人用指頭肯定是數不過來的，跟一頭亂髮一樣多，特別是百年前，大師輩出，各位明著暗著地不服。其中最好玩兒的還數黃侃與胡適二位，他們為文言文和白話文孰優孰劣，鬧出了不少趣聞。

胡適朋友多，名氣大，骨子裡厚道，還不乏幽默感。有一次講課，他引用孔子、孟子、孫中山的話，在黑板上寫：「孔說」，「孟說」，「孫說」。最後點評時，寫的是「胡說」，引得眾人大樂。當時白話文還在推廣中，反對者甚眾，有學生認為用之發電報，難免囉唆費錢。胡適想了想，說行政院前幾天請他任職，讓同學們每人擬一份辭謝電文。過了一會兒，學生們寫出來了，其中最短的是這樣的：「才疏學淺，恐難勝任，不堪從命。」看著那個學生暗自興奮，胡適說，他只用五個字：「幹不了，謝謝！」

這件事一傳開，頓時惹惱了宣導國學的大師黃侃。這位可是著名的刺兒頭，想當年拜訪大學者王闓運，人家對他讚賞有加，還說自己的兒子與他同年，卻至今一無所成，真是「鈍犬」啊。黃侃聽罷怪目圓睜，傲然道：「您老先生尚且不通，更何況您的兒子！」王闓運哈哈大笑，許這位楚狂人為忘年知己。

黃侃也在北大講課，他舉反例調侃胡適，如果胡教授的太太死了，用白話文發電報要十一個字：「你的太太死了！趕快回來啊！」而用文言僅需四字：「妻喪速歸！」他還調侃過胡適的名字，果真要提倡白話文，胡教授豈不是要改名字，叫到哪裡去？還有一次講「七大才子書」，黃侃說：「胡適之說做白話文痛快，世界上哪有痛快的事？金聖嘆說過世界上最痛的事莫過於砍頭；世界上最快的事莫過於飲酒。胡適之如果要痛快，可以去喝酒，再仰起頸子給人把腦袋砍掉。」

眼見得火藥味兒越來越濃，兩大狂人終於在一次文人聚會的酒席上正面交鋒了。飲至半酣，胡適大談墨子的兼愛非攻思想，聊興正濃時，忽聽在座的黃侃罵道：「現在講墨學的人都是些混帳。」胡適尷尬起來，又說了沒幾句，又聽黃侃再罵：「便是適之的尊翁，也是混帳王八！」這下胡適急了，準備過去揪打黃侃。大家趕緊連攔帶勸，後者卻仰天打了個哈哈說：「且息怒，我在試你，墨子兼愛，是無父也。你有父，何足以談墨子？」一時舉座譁然。

黃侃仍不願收兵，某日道：「昔日謝靈運為秘書監，今日胡適可謂著作監矣。」還解釋說，「監者，太監也，太監者，下面沒有了也。」

眾人這才明白，他是在諷刺胡適只寫了半部《中國哲學史》。有人跟著起哄架秧子：「不知適之先生是真太監還是假太監？」黃侃馬上介面：「但願他是假太監，我們等著看他的下部呢！」或胡攪蠻纏、或得理不饒人，一場酒局就以這麼一種無厘頭的方式結束了。別說，今天的年輕人喜歡在網上用「太監」這個詞說不定就是跟這兒來的。

黃侃曾發誓「不滿五十不著書」，在五十壽誕那天顯得格外高興，章太炎為此撰聯相贈：「韋編三絕今知命，黃絹初裁好著書。」意思是期待弟子的「絕妙好辭」。在場之人多為文人騷客，有人指出聯中的「黃」「絕命」三字大為不祥。半年後，黃侃果然病逝，章太炎為此自責不已，難以釋懷。

胡適曾寫了據說是我國第一首的白話詩，發表在一九一七年二月號的《新青年》雜誌上，詩名《蝴蝶》：

兩個黃蝴蝶，雙雙飛上天。不知為什麼，一個忽飛還。

剩下那一個，孤單怪可憐。也無心上天，天上太孤單。

一個雨天，胡適和一幫朋友喝得十分盡興，隨後獨自雇一輛人力車回家，看他酒醉迷糊，車夫乘機拿走了他的錢包，連外衣都剝了個乾淨。胡適就這麼狼狽地躺在雨裡，出了一回大洋相。為此，胡適再不敢亂喝，太太還給他做了一枚金戒指，上面鐫有「戒」字，提醒他勿忘舊事。

就不愛做官

有一次參加佛教夏令營，明賢法師忽然深夜有召，讓我第二天一早代表居士講話。回屋後，我輾轉反側了半天，翻起葉嘉瑩老師的一本書，靈光一閃便有了主意。在臺上，我的發言為「野叟獻曝」，把自己「曬太陽」學佛的體會分享給同道，贏得了一致的認可。這招兒和「拋磚引玉」已成為我救急的兩大法寶。

那時候，葉嘉瑩系列作品都是我的枕邊書，讀起來精到，還很有時代感。十九世紀六十年代早期，美國很多人喜歡寒山詩（註17），而國內學界都覺得它淺白，為什麼呢？裡面有翻譯的問題，像李商隱詩

註17：寒山詩是唐代僧人、詩人寒山子所作的詩，被稱為通俗詩、白話詩，寒山詩表達上看似明白如話，實際上另有奧旨。寒山詩長期流傳於禪宗弟子中，宋以後受到詩人文士的喜愛和模擬，號稱「寒山體」。近代以來風靡歐美和日本，形成世界範圍內的「寒山詩熱」。

的韻味和用典幾乎是無法用其他語言表達的，陶淵明詩介寒山詩與李商隱詩之間，把理性寄託在山水間，而詩人與僧人最大的區別在於飲酒。

陶淵明出身望族，卻只做過江州祭酒等小官。彭澤縣令是他仕途的最後一職。一到任，他就佈置種可以做酒的糯米，但他的妻子堅持要種大米，於是，只好五十畝種糯米，五十畝種大米。到了年底，長官來彭澤縣考察，陶淵明打內心裡不耐煩，喟然長歎道：「我豈能為五斗米折腰向鄉里小兒！」當天寫下《歸去來辭》，辭官回家釀酒賦詩去也。

陶詩中的《飲酒》詩二十首最為人所稱道，都是酒後所題。他有時獨飲，更多時候與鄉親父老對飲。從某種意義上，陶淵明更像個農民，自己耕作打理農活，自釀自飲，雖不時有朋自遠方來，但日常酒友都是些鄉親父老，這與紅袖招香的白居易等完全不同。

每逢酒熟時，陶公便取下頭上的葛巾過濾酒，完畢後照戴如舊。朋友來訪，無論貴賤，只要家中有酒，必與其同飲，往往還自己先醉，對客人說：「我醉欲眠，卿可去。」這裡的「醉」很有莊生「醉者神全」的意味，既然無法相濡以沫，索性相忘於江湖。正如陶公自己所說：「偶有名酒，無夕不飲。顧影獨盡，忽焉復醉。」

某年重陽節，陶公彈琴而歌，忽覺酒癮大發，家裡滴酒也無，只得在自家的籬笆旁望著燦爛的菊花惆悵。這時，一位白衣使者天使般降臨，其實是江州刺史王弘派人送來了一批美酒，這正是「白衣送酒」的典故，這位可是雪中送炭的知己。陶淵明大喜過望，暢飲而醉。

西元四二七年，陶淵明與世長辭，被安葬在九江南山腳下的陶家墓地，如今還保存完好，立有一大二小三塊墓碑。據說在陶公昔日藏酒之處，後人發現了一隻石盒，內有個扁平的銅器酒壺，打開來尚有存酒。眾人怕有毒，將酒全都倒在了地上，結果酒香盈室，經月不散。仔細辨認，酒器上還刻著字：

語山花，切莫開，待予春酒熟，煩更抱琴來。

政治的風險

傳說宋真宗在年過四十的時候還膝下無子，於是祈禱上天賜子。玉帝知道後遍問群仙，哪位願意下班做真宗子。當時只有赤腳大仙微微一笑。於是玉帝說，那赤腳大仙你去好了。大仙說：「不，不，我不是要去，只是笑那皇帝可憐。」玉帝說：「宋室江山氣數未盡，大仙可往。」赤腳大仙忙擺手說：「不成不成，宋室雖然氣數未盡，但內憂外患，民不聊生，我當皇帝也坐不安穩。」玉帝安慰他說：「大仙儘管放心，會有人保你坐穩江山的。」隨後宮人李氏生下了仁宗，但是仁宗出生後不知道何人保他，便啼哭不止，令許多名醫都束手無策。無奈之下，宋真宗向全國貼出榜文，懸賞為太子治病。太白金星化為道人，揭了皇榜，在嬰兒耳邊說了一句：「莫叫莫叫，何似當初莫笑。」哭遂止。仁宗長大後，從不穿鞋襪，整天赤著腳跑來跑去。《水滸傳》的序裡也講了這個故事，只不過說的是：「莫叫莫叫，只怪一笑；莫哭莫哭，文有文曲，武有武曲。」意思是你哭什麼啊，只怪你當初一笑。你不要再哭了，現在有文曲星、武曲星下凡保你，你可以坐穩江山了。這文曲星、武曲星指的是包拯和狄青。對此我存而不論，但心裡一直惦念的是蘇東坡、范仲淹兩位。

蘇氏三父子的名氣自不用說。當年蘇軾、蘇轍兩兄弟一起參加皇帝親自主持的官吏選拔特別考試。不承想考試前幾天，蘇轍生病了，眼看到了考試的日子卻爬不起來了。宰相韓琦聽說後，跑到皇帝那裡說，今年的考生中蘇軾、蘇轍兩兄弟名氣最大，現在蘇轍生病，要是兩兄弟中有一個不能參加考試，就太讓廣大群眾失望了，要不把考試日期推後幾天吧？皇帝居然點頭了，就從這次起，宋朝的特別考試由原來的八月推遲到九月舉行。這一故事成就了千古佳話。詩詞詩詞，唐詩宋詞，前者有李太白天才橫溢，後者有蘇東坡才華蓋世，為世人留下了太多的華美篇章。我以為，他們倆不是靠遣詞造句為勝，他們傲於儕輩的是赤子般的真情以及灑脫豪邁之氣，達到這種境界的媒人就是酒局，即與酒友在一起時那種特有的氣氛與契機。

相比之下，太白先生更喜歡喝酒，是個不折不扣的酒鬼，否則，也幹不出讓楊貴妃捧硯、高力士脫靴這種狂事。東坡曾自稱：「使我有名全是酒。」他在晚年所寫的《書東臯子傳後》中有一段告白，說自己「飲酒終日，不過五合」，是酒量最差的，不過喜歡看人家喝，胸中或浩浩蕩蕩，或落落寡歡，其中的酣意比喝的人還要得趣；閒居時，家裡沒有一天不來客人，來客人時沒有一次不擺酒席。所以，天下人沒有比他更好酒局的了。

東坡先生成就頗多，書法位列「蘇黃米蔡」之首不說，作畫亦非尋常，尤其善畫枯木竹石。他畫前必飲酒，黃庭堅曾為其畫題詩雲：「東坡老人翰林公，醉時吐出胸中墨。」他自己也說「吾酒後乘興作數十字，覺氣拂拂從十指中出也」，寫詩更須在半夢半醒之間，這個習慣不知影響了後代多少文人騷客。

然而喜酒文人真性情，千古以來，真性情的人也註定人生起落，顛沛不定，陶淵明免不了，柳永免不了，李白免不了，蘇東坡亦免不了。

與唐朝請君入甕的做法相比，宋代文明的存續多虧了太祖「不殺文人」的訓誡，即便如此，遭遇「烏臺詩案」的蘇東坡雖然免於一死，但也曾兩次自殺，可見當時特務統治的殘酷。案件的背景是王安石改革引發黨爭，反對新法的人被捕，因關押犯人的禦史臺落了許多烏鴉，「烏臺詩案」因此得名。東坡先生回憶自己從湖州被捕到被押解回京時，用兩句詩形容當時的心情：

夢繞雲山心似鹿，魂飛湯火命如雞。

即使弟弟蘇轍事先通氣，蘇東坡在途中也差一點兒跳水自殺。到了烏臺，他也是懷揣毒藥，隨時準備赴死。他在《獄中寄子由》裡寫道：「聖主如天萬物春，小臣愚暗自忘身。百年未滿先償債，十口無歸更累人。是處青山可埋骨，他年夜雨獨傷神。與君今世為兄弟，又結來生未了因。」那位「聖主」倒是時時關注他，但因皇太后的壓力，將他治罪後，貶往黃州了。

這是蘇東坡一生的轉捩點，他開始真正領悟人生的無常。病逝前兩個月，遇赦北返的蘇軾遊覽金山寺，見到那幅李公麟所作的東坡畫像，百感交集，寫下：「心似已灰之木，身如不繫之舟。問汝平生功業，黃州惠州儋州。」他準備定居陽羨城，於是拿出平生儲蓄，買了處宅院。結果得知此宅院是被房主的不肖子孫賣掉的，他便毅然燒了房契，將之歸還房主。之後東坡先生都是借居在朋友家裡，直到一一〇一年病死於常州。

蘇軾當年被貶黃州，在江邊茅屋的東山坡上，親力親為地耕種勞作，所以自號「東坡」而流傳於世。其才高八斗者，成也酒，其命運之多舛者，敗也酒，也許魚和熊掌永不可兼得。他十分喜愛大江、明月及酒局，好多作品皆與之有關，如「明月幾時有，把酒問青天」「大江東去」，等等。我們一幫社科院球隊兄弟最愛的不是《臨江仙》，而是那首《定風波》，人人都能倒背如流：

莫聽穿林打葉聲，何妨吟嘯且徐行。
竹杖芒鞋輕勝馬，誰怕？
一蓑煙雨任平生。
料峭春風吹酒醒，微冷，山頭斜照卻相迎。
回首向來蕭瑟處，歸去，也無風雨也無晴。

再得瑟點兒細節

唐朝女皇武則天為了鎮壓反對她的人，任用了一批酷吏。其中兩個最為狠毒，一個叫周興，一個叫來俊臣。他們利用誣陷、控告和慘無人道的刑法，殺害了許多正直的文武官吏和平民百姓。有一回，一封告密信送到武則天手裡，內容竟是告發周興與人聯絡謀反。武則天大怒，責令來俊臣嚴查此事。來俊臣心裡直犯嘀咕，他想，周興是個狡猾奸詐之徒，僅憑一封告密信，是無法讓他說實話的；可萬一查不出結果，太后怪罪下來，我來俊臣也擔待不起呀。這可怎麼辦呢？苦苦思索半天，終於想出一條妙計。他準備了一桌豐盛的酒席，把周興請到自己家裡。兩個人你勸我喝，邊喝邊聊。酒過三巡，來俊臣歎口氣說：「兄弟我平日辦案，常遇到一些犯人死不認罪，不知老兄有何辦法？」周興得意地說：「這還不好辦！」

說著端起酒杯抿了一口。來俊臣立刻裝出很懇切的樣子說：「哦，請快快指教。」周興陰笑著說：「你找一個大甕，四周用炭火烤熱，再讓犯人進到甕裡，你想想，還有什麼犯人不招供呢？」來俊臣連連點頭稱是，隨即命人抬來一口大甕，按周興說的那樣，在四周點上炭火，然後回頭對周興說：「宮裡有人密告你謀反，上邊命我嚴查。對不起，現在就請老兄自己鑽進甕裡吧。」周興一聽，手裡的酒杯啪嗒掉在地上，跟著又撲通一聲跪倒在地，連連磕頭說：「我有罪，我有罪。」

何必跟命運過不去

一次踢完球與球友們一塊兒去喝酒，有位愛好文學的老弟聽我大談蘇東坡，忽然介面說：「滕哥，我覺得你更該讀讀稼軒詞。」過了些日子，他問我感覺如何，我說：「肝腸似火，色顏如花。」（註18）言罷，哥兒倆一陣大笑。我覺得自己與老辛沒有多少相似之處，最多是仰慕而已，現代人哪裡有什麼壯懷激烈，更別說一班美女生死相伴了。

在金國大舉南侵時，二十一歲的辛棄疾聚集了兩千多人，參加耿京領導的一支北方義軍。有一次他奉命南下與南宋聯絡，回來時聞聽耿京剛剛被叛將張安國殺害，義軍面臨崩潰局面。辛棄疾率五十義士，直撲濟州。當時張安國正在五萬人的軍營裡酣飲歡宴，還欲招呼接待他們。不料，辛棄疾以霹靂手段，當場將張安國擒下，並策反了萬餘舊部。然後馬不停蹄地渡過淮河，將叛將綁在馬背上，帶回建康（今南京）正法。一時民心大振，宋高宗一見而三嘆息。

和岳飛一樣，辛棄疾也是生不逢時，是南宋朝廷的一大異數，雖有光復故國的滔天豪情，卻得不到施展，一腔忠憤發而為詞，是為「稼軒體」。有一回他正在府上飲酒，門外傳來吵鬧聲。原來是落魄才子劉過想來拜見而被攔。老辛趕緊招他入席。由於天冷，劉過將酒灑到了袖口上，便以「流」為韻，作了一首詩：

拔毫已付管城子，爛首曾封關內侯。死後不知身外物，也隨樽酒伴風流。

註18：引自近代學者夏承燾對辛棄疾詩作的評語，即辛詞既有著豪壯雄爽的英雄肝膽，又具情深意密的兒女心腸，濃烈如火，豔麗如花。

辛棄疾有次生病，好友陳亮風塵僕僕趕來探望，一連喝了幾壇美酒，一邊高談闊論，一邊欣賞眼前鵝湖美景。過了十多天，看老辛病快好了，陳亮就走了。辛棄疾實在捨不得，拍馬趕去，不料在雪地上滑倒，只好快快而歸，後來寫了首詞寄去，表達對朝廷「剩水殘山無態度」的不滿，相約再會。

歷史上有兩次鵝湖會。第一次是朱熹和陸九淵在上饒鵝湖寺的思辨大會。兩人相互爭執嘲諷後不歡而散，從此在哲學史上留下了「理學」與「心學」之分歧。第二次是辛棄疾和陳亮，本來他們也約了朱熹，但朱熹因故爽約。雪後初晴，辛陳兩人在村前石橋上久別重逢，感慨萬端，說到激情澎湃之時，竟拔劍斬了那匹棗紅駿馬。隨後十餘日，他們共酌同遊，長歌相答，縱論世事，發誓「男兒到死心如鐵，看試手，補天裂」，成為文壇佳話。

賦閑在家二十年，辛棄疾身邊美女如雲，除了他的妻子范氏，還有田田、錢錢等侍妾經常幫他幹些文字工作，有位整整會笛善舞。傳說，有次范氏看病無錢支付，結果整整被送給醫生抵診費。想想也是，在鵝湖美景和美人堆的環繞之下，怎會寫不出「我見青山多嫵媚，料青山見我應如是」的句子，更讓人羨慕的是：

料得今宵醉也，兩行紅袖爭扶。

後人羨慕辛棄疾豔福齊天，但他心裡只有「了卻君王天下事，贏得生前身後名」。無奈歲月如梭，白髮漸生，六十四歲時辛棄疾雖又被啟用，卻終究無所能事，六十八歲時老病而死。當年在義軍時，辛棄疾追殺叛逃的和尚義瑞。義瑞說辛棄疾是青兕（註19）投胎，力能殺人。後來辛棄疾在湖南任上丟官，他的罪名十分簡單：

用錢如泥沙，殺人如草芥。

註19：青兕為牛中最兇猛者。

莫去南京

有位朋友的兒子考大學，請我給參考意見，我說：「去南京吧，那地方脂粉氣重，比較容易找女朋友。」人家卻說不用，原來的高中女朋友與他同報一個學校，而且他們都考上了。不過沒多久兩個人就吹了，也不知道這和風水有多大關係。

南京這地方挺邪的，一直就有「金陵有王氣，與北都相觸，不祥」的說法，連秦始皇都為之發愁，在這裡埋金人、斷地脈。從元大都以來，北京一直沒有什麼大的天災人禍，就算八國聯軍進城，人們也照舊吃喝嫖賭不耽誤。南京就不行了，東吳、東晉、宋、齊、梁、陳、南唐等朝代幾乎沒有善終的，國民政府定都這裡，也沒吃到好果子，還是朱棣這位梟雄有頭腦，直接把首都遷到北方。劉禹錫說得好：

王濬樓船下益州，金陵王氣黯然收。千尋鐵鎖沉江底，一片降幡出石頭。

我是北方人，對南朝人物一直心懷敬仰，去南京的時候，除了秦淮河和中山陵，最喜歡逛的還是烏衣巷。《一統志》曰：「烏衣巷在應天府南。晉王導謝安居此。其子弟皆烏衣，故名。巷口有朱雀橋。」所謂王謝子弟，說的就是王導和謝安兩位。六朝時代，他們風流倜儻，留下了多少英雄事蹟和文章。

東晉初年，逃過長江的各大貴族已成驚弓之鳥，對北方少數民族心有餘悸。有一次，他們在南京郊外新亭相聚飲酒，這就是著名的「新亭會」。雖有美酒在手、佳人在側，座中人終不免感慨江山淪陷，有人歎道：「風景不殊，正自有山河之異。」聽到這話，許多人不由得相視流淚。

成語「新亭對泣」就是這麼來的。宰相王導心知消沉是復國的大敵，見狀愀然變色道：「不想著共勉國事，克復神州，何至作楚囚相對？」然後慷慨激昂，鼓勵大家振作起來。在座的都是各大家族的代表人物，紛紛舉起酒杯，相敬為勉，再不做出婦人情狀。新亭會是兩晉歷史的轉折，此後利益集團得以團結共濟，最終渡過難關。

謝安比王導小四十四歲，面對苻堅「投鞭可使長江斷流」的揚言，他派了八萬子弟戰于淝水。人算不如天助，一向精幹的苻堅竟然自亂陣腳，鬧了個風聲鶴唳、草木皆兵的結局。謝安在東山別墅飲酒、彈琴，還下棋為樂。捷報傳回時，他隨手放到一邊，對弈如故。對方實在沒心情博弈下去，問他戰況如何。謝安輕描淡寫地說：「小輩們已經破敵了。」其實他心裡樂著呢，出門時把木屐的齒都碰斷了，留下了「謝安折屐」的佳話。

有一首詩寫道：「山陰道上桂花初，王謝風流滿晉書。」其實，王謝家族的歷史貢獻在政權維護上還是其次，主要是在文化方面的偉大創造力。可以說從魏晉到隋唐，所有姓王和姓謝的牛×人物都與兩大家族有關，如王世充、王羲之、王獻之、王勃，「大謝」謝靈運、「小謝」謝朓。杜甫寫過：「到今有遺恨，不得窮扶桑。王謝風流遠，闔閭丘墓荒。」我倒是更喜歡劉禹錫那首老生常談的《烏衣巷》：

朱雀橋邊野草花，烏衣巷口夕陽斜。
舊時王謝堂前燕，飛入尋常百姓家。

不使人間造孽錢

小時候，我心裡最漂亮的美女是香港的陳思思，我把她主演的一部《三笑》連看了三遍。當時還有電影歌曲的手抄本在同學中傳抄，一群穿得破破爛爛的孩子在放學路上大聲唱著：「一笑二笑連三笑啊，唐伯虎的靈魂上九霄啊！」後來，看了鞏俐飾演的秋香，感覺膩歪多了，可能當時狀態不好吧，實在談不上「回眸一笑百媚生」，幸虧周星馳演絕了，嬉笑怒罵都透著可樂。天知道陳思思配上周星馳又將如何？

點秋香的故事見於筆記體小說《耳談》，情節與電影裡差不多，主人公卻是蘇州才子陳元超，後來被馮夢龍改寫成了《唐解元一笑姻緣》。現實中的秋香本名林奴兒，為金陵名妓，精通琴棋書畫，她至少比唐伯虎大二十歲。倒是祝枝山見過秋香，還給人家扇面寫了首七絕：

晃玉搖金小扇圖，五雲樓閣女仙居；行間看過秋香字，知是成都薛校書。

據載秋香和唐伯虎的繪畫師傅都是沈周，所以《唐寅詩集》中有首藏頭詩：「我畫藍江水悠悠，愛晚亭上楓葉稠。秋月溶溶照佛寺，香煙嫋嫋繞經樓。」大概因為「我愛秋香」的詩首吧，被後來的文人牽強附會了。

唐伯虎父親在蘇州開店，常有文人墨客來飲酒吟詩，他見兒子有繪畫天分，就掛在牆上。一次，祝枝山來喝酒，見到了唐伯虎，說該有位好師父來教。不久他便與沈周一起到訪。唐老闆趕忙精心擺下「拜師宴」。沈周很欣賞唐伯虎的畫，想考考他的才氣，便出了個字謎：「去掉左邊是樹，去掉右邊是樹，去掉中間是樹，去掉兩邊是樹，這是什麼字？」唐寅略一思考，說是個「彬」字。於是，拜師成功。唐寅天分高、進步快，不免有些驕傲。一次吃飯時，長輩讓他去開一扇窗戶，結果發現那竟是老師的一幅畫中景，慚愧之餘，更加努力起來。

十六歲時，唐伯虎考中蘇州府秀才第一名，但二十餘歲時連遭不幸，父母、妻子、妹妹相繼去世，家境敗落。他潛心讀書，二十九歲參加應天府公試，高中頭名解元。本來他三十歲時意氣滿滿地赴京會試，卻受「會試洩題案」牽連，被斥為吏。唐伯虎受此無妄之災，索性返鄉為民。他的妻子卻不堪清貧，吵鬧後離去。他獨自住在巷口小樓中，以丹青自娛，靠鬻畫為生，寫道：

不煉金丹不坐禪，不為商賈不耕田。閑來寫幅丹青賣，不使人間造孽錢。

蘇州城北有座廢棄的宋人園林，是唐伯虎三十六歲時靠賣畫的錢買下建成的，號「桃花塢別墅」。一五一四年，唐伯虎被寧王以重金徵聘到南昌，半年後他發現這位王爺圖謀不軌，只好佯裝瘋癲，甚至不顧體面在大街上裸奔，總算脫身回歸故里。後來此王爺反叛被平定，唐伯虎也逃過了一次殺身之禍，但也引來不少麻煩，所以從此他看破紅塵，一心向佛，號六如居士。

他晚年多病，難以作畫，常靠向祝枝山、文征明倆人借錢度日。五十四歲那年秋天，唐伯虎應邀去東山王家見到了蘇東坡真跡，詞中有：「歸去來兮，吾歸何處？萬里家在岷峨。百年強半，來日苦無多。」一同病相憐，心中無限悲苦。回家後，唐伯虎臥病不起，臨終時寫了一首絕筆詩：

生在陽間有散場，死歸地府又何妨。
陽間地府俱相似，只當漂流在異鄉。

態度對，誰都傷不了你

一次，莊子身穿粗衣草鞋去見魏王。魏王驚訝於他的潦倒，莊子卻道：「是貧窮，不是潦倒。有道德而不能體現，才是潦倒；衣破鞋爛，不過生不逢時而已。」楚王曾派人請莊子出山，請他上分君憂、下謀民福。莊子持竿不顧，說：「聽說楚國有隻神龜死時已三千歲了，被隆重供奉在廟堂之上。您說它是願意留骨而貴，還是寧願在泥水中潛行曳尾呢？」來人說當然活著好了。莊子說：「那就請回去吧，我也是。」

莊子認為，具備理性的知識才可以擺脫情感的束縛，達到靈魂的自由。他夢見自己變成一隻蝴蝶，飄飄然而渾不知是自己變成了蝶還是蝶變成了自己。這種人生如夢的態度，把形而下的一切表現都當成了道的物化，無所謂莊周還是蝴蝶，所以叫「齊物」。他的濠梁之辯是我今生最喜愛的一段議論。

莊子說，魚在水裡真快樂啊。惠子反駁，你不是魚，怎知魚快樂；莊子堅持，你不是我，怎麼知道我不知道魚的快樂呢；惠子再論，我不是你，固然不知道你，而你不是魚，肯定也沒法兒知道魚是不是快樂；莊子結論，請回到開頭的話題，你問「你怎麼知道魚快樂」時，已經表明你承認了我知道魚的快樂。

對於飲酒，莊子有三種態度。其一是貴真自得。《漁父》篇：「忠貞以功為主，飲酒以樂為主，處喪以哀為主，事親以適為主……禮者，世俗之所為也；真者，所以受於天也，自然不可易也。」莊子認為飲酒是為了獲得快樂，不僅用什麼酒具無所謂，還不要受世俗的酒禮所束縛。

其二飲酒要遵君子之道。他評論了孔子的「醉之以酒而觀其側」觀點，認為通過醉後的行為舉止來評判一個人的做法不可取，用人為的感覺去應驗外物，容易被外物所驅使。君子遵從本然的內心，以酒為媒介來發酵而不為所動，《山木》篇借子桑之口指出：

君子之交淡若水，小人之交甘若醴。

其三提出了一個「醉者神全」，讚賞醉酒能夠摘下人日常的種種假面具，使人回歸自我的本真狀態。莊子認為酒後精神凝聚，人從車上摔下時，由於沒有驚懼等感觀情緒進入心中，所以很難為外物所傷。莊子肯定了人醉酒時的短暫忘卻為人生自由所帶來的積極性。這一觀點對後世影響極大，魏晉唐宋的文人無不奉為圭臬。

到了大限之日，莊子再次開示了生死之理。但莊子的弟子卻說，雖無以為報，也不能讓他裸葬。他坦然笑道：「以天地作棺槨，以日月為連璧，星辰為珠璣，萬物為齎送，還有比這更好更多的陪葬嗎？」並告訴弟子，在地上被烏鴉老鷹吃，在地下被螻蟻老鼠啃，二者並無二致，何必厚此薄彼呢？

明賢法師寫過一篇文章《莊子是位辟支佛》，認為莊子思想與佛學在許多方面殊途同歸。這讓我忽然設想了一種有酒的情境：

莊子的妻子病死了，惠子前來弔唁。只見莊子正盤腿坐地，飲而鼓盆、醉酒而歌……

如此灑脫豈是如我等營營於世俗之爭的人能放得下、獲得的呢？

驢撿濕處屎

最近，我翻來覆去看了一本圖解名家的《八大山人》，每每展卷，都有一種清涼氣息撲面而來。石濤初見八大山人時，經介紹才知他就是當年的「雪個」，趕緊請他畫《大滌草堂圖》。八大山人一笑，忽問：「有何堪滌？」石濤聞後，大為感歎這種「一念定乾坤」的意境，寫了那首著名的長詩，給其戴上了「眼高百代古無比」的大帽子。

八大山人別名朱耷，與石濤一樣，也是明末清初的朱家宗室。他生性孤傲，聰明絕倫，八歲便能作詩，善書法、篆刻及繪畫，曾畫一枝荷花橫斜水面，香氣盈屋。明朝滅亡後，他變得與去世的父親相似，喑啞不能說話，合則點頭，不合搖頭。過了十多年，他便去做和尚，號「雪個」。沒過多久，他就生了癲狂病，經常高歌亂舞，唯酒能止。

過了一年多，病情有了好轉，朱耷更號為「個山」。某日，他撫摩著自己的頭頂說：「我既出家，何不以驢命名呢？」於是改號「個山驢」。

三十五歲時，妻兒俱亡之下，他感到萬念俱灰，但為了傳宗接代，無奈又蓄發娶妻，並號「八大山人」，聲稱：「所謂八大，就是四方四角都以我為大，而且沒有比我大的。」

時人見他油鹽不進，非酒不與人交，非醉無以成畫，就精心炮製了一出「求畫酒局」。有些人置酒而請，將墨汁、紙張放在一旁。酒過三巡，他便乘興潑墨，有時候以破笤帚灑，或用壞帽子塗，弄得畫紙不堪入目，隨後提筆渲染，或成山林丘壑，或成花鳥竹石，竟然無不精妙。但待他醒來後，與他再求片紙隻字亦是萬難，哪怕百兩黃金陳前，他也不屑一顧。

有一次，友人索畫三嘯圖。八大山人不好斷拒，但只肯描幾隻莖葉，自稱手熟什麼畫什麼，這就是所謂的「驢撿濕處尿」的做法。後代的潘高　說他「人品不高，落墨無法」，後半句所言極是，國畫以境界之不同而成相應的畫風。八大山人之作簡筆寫意，往往筆極疏、意極密，越簡越遠，越淡越真。另外，他的一些題畫詩作，也相當精彩，比如：

有人識得真空相，便是長生不老翁。

自性寧薄劣，獨步乃幽偏。

談吐趣中皆合道，文辭妙處不離禪。

茫茫聲息足林煙，猶似聞經意未眠。我與松濤俱一處，不知身在
白湖邊。

古代哲人喜歡以江水湖泊明志，表達自己的道心。濟公有過「但願西湖化酒池，一浪打來飲一口」之語。大唐李靖也說：「達摩西來一字無，全憑心意用功夫。欲思紙上尋佛法，筆尖蘸乾洞庭湖。」八大山人則在《題瓜詩》中表示：「無一無分別，無二無二號，吸盡西江水，他能為你道。」一八十歲高古前，一生半僧半道的八大山人寫道：

萋萋望耕籽，誰家瓜田裡。

大禪一粒粟，可吸四海水。

有酒學仙

二〇一二年北京保利拍賣春拍會上，重磅推出的《杜甫詩意圖》是傅抱石金剛坡抗戰時期的經典大作，原為何應欽收藏，二〇〇六年在北京曾拍出一一〇〇萬的價格，又在二〇〇九年拍出六〇〇二萬港元的天價，當時現場競價之熱烈，至今還為圈內人津津樂道。現今業內估計，該畫起拍的底價都要一億元人民幣，漲勢驚人。

舉凡大家都極富個性，傅抱石也不例外，他一生離不開烈酒，尤其是茅臺，這是他文房之外的第五寶。他作畫的情形也很獨特，往往是一手持杯，一手握筆，在酒的激發下，大處著眼，小處入手，大多會畫出傳世之作，畫畢會蓋上「往往醉後」的印章。在他留下的三千來幅作品中，蓋這個章的都極受收藏家們的追捧。

像許多藝術家一樣，傅抱石這個人脾氣大而膽子小，不僅怕高，而且怕水。有一次，許多人一起爬華山，還沒爬到北峰，任憑旁人好說歹說，他怎麼也不肯再往上一步。抗戰時的重慶沒有橋，人們過河只能坐一種小船。說來可笑，上船以後，這位藝術大師竟然坐著都暈，所以乾脆躺在船底，連頭都不敢抬。

「抱石」的由來，有兩種說法：一是他因仰慕崇拜畫僧石濤，而改掉原名「長生」；二是源於屈原的「抱石懷沙」之曠世情懷。他早年在瓷器店當學徒，掙錢養活母親。一九三三年，他在南昌巧遇徐悲鴻，這才改變一生的命運。當時徐悲鴻拿出自己的一張畫，當面賣給江西省主席熊式輝，為二十九歲的傅抱石籌得了留學日本的費用。在日本，傅抱石結交了郭沫若，舉辦個人畫展，被郭沫若抬舉為是與齊白石齊名的南北兩石，還題「南石齋」相贈。傅抱石的一幅《麗人行》繪製了近四十個古代人物，被徐悲鴻贊為「聲色靈肉之大交響」，張大千更是題字：「開千年來未有奇，真聖手也。」

一九五九年夏，傅抱石和關山月為新建成的人民大會堂趕畫《江山如此多嬌》。世界最大的那幅油畫《耶穌下凡》用了二十三年才畫完，而這幅寬九米、高五點五米的大山水畫卻只用了四個月。傅抱石接受這個任務時只提了一個要求：茅臺管夠。周恩來立馬做了同意的批示。在那個時期，這可是最高領導人的待遇啊！現在，這幅巨作已成為中華民族的驕傲。

傅抱石作畫時非常投入，往往默默瞪著畫紙，看一個上午；次日，又默默看到中午，然後才畫幾道淡墨長線，定定位置；第三日，揮筆猛掃，十多分鐘便滿紙是墨，一直弄到中午，接下來，就一點兒一點兒地精心收拾。有時，他十天半個月才能畫出一幅。他創出了「破筆散峰」新畫法，這奠定了其當代一派宗師的地位。美酒是傅抱石的靈感之源，也損害了他的健康，他雖戒酒多次，終究無果，彷佛酒和畫是他的手心手背。傅老說：「昔陳老蓮……諸大師，均毀於酒……日本近代畫家幸梅嶺、橋本關雪……也毀於酒。」

一九六五年傅抱石應上海市委之邀，為新建的虹橋國際機場作畫。為了答謝大師，華東局負責人舉辦答謝酒會，但誰也沒想到，這是傅抱石一生參加的最後酒局。那天很多新朋老友前來作陪。傅老不顧助手阻攔，談笑風生。酒到杯乾，而且雅興大發，當場揮毫作畫，後此畫成絕筆！回南京的第二天，傅老因腦出血而昏迷不醒，突然過世，年僅六十一歲，令人扼腕不已。為酒而來，因酒而去，大師一生的酒緣可謂深厚，他的抱石齋畫室掛著這樣一幅對聯：

左壁觀圖，右壁觀史；
無酒學佛，有酒學仙。

民國酒徒

民國初年，在上海四馬路的豫豐泰酒樓，葉楚傖應邀參加酒局，枯坐無味之餘，要了壺酒自斟自飲。這時，隔桌也坐了一人在那兒獨自喝著。葉楚傖一壺喝完，眼見著那人也跟著喝完了，便又要了一壺。那人也要了第二壺。這麼著就有點兒較勁兒了，你一壺、我一壺地喝起來。等到組局的胡樸安趕到，給兩位相互一介紹，葉楚傖才知道原來今天的酒局就是為他和這位陸秋心組的，但此時兩人的桌子上已經堆了十六壺黃酒。幾位南社詩人聽後哈哈大笑，都加入進來，重整旗鼓，那天喝得真叫一個痛快。

葉楚傖生於一八八七年十月四日，是標準的吳縣周莊人，父親葉鳳巢是晚清秀才，十分慷慨好交，後來家道逐漸中落。既然長在「鳥巢」，葉楚傖索性自稱「小鳳」，但因為他長得高大魁梧，名字又有幽燕之氣，所以小鳳這個筆名經常受到朋友們的嘲笑。葉楚傖好酒是出了名的。有一次與范鴻仙喝到一半，兩人兜裡都沒錢了，范鴻仙冒著大雪去了當鋪，換來錢後，與葉楚傖接著喝。

早年間，有人托葉楚傖給姚將軍家裡送十二瓶美酒，這實在是所托非人。在路上，小葉就喝了一瓶。送到將軍府，他倒也坦誠，告訴姚夫人這酒非常好，因為他已經喝了一瓶。這位夫人賢淑淡雅，請他留下來坐坐，又溫了酒給他喝，還配了幾個小菜。結果葉楚傖一不小心喝多了，睡到第二天才醒來。醒來後，他問將軍回來沒有。僕人說，將軍回家休息了一晚，又辦公務去了。他很吃驚，指著牆上的鐘說：「這不才過了一個小時嗎？」

一九〇九年，柳亞子等人發起成立了南社，成員都是些才子，更是酒徒。這些人抨擊時政後，喝酒不失為一種緩解方式。林百舉的酒量不亞于葉楚傖，倆人經常一起喝酒，而且每喝必醉。有一次，葉楚傖先走了，林百舉找不到人，就喊：「楚傖跳海死了！」然後他就光著腳往海邊跑，逢人就問看沒看到一位麻臉大漢。事後，葉楚傖寫了一首詩記之：

能飲高歌未是狂，傷心除酒沒商量。他年兩個淒涼塚，合勒雙碑傍杜康。

葉楚傖還十分幽默。有一次喝到一半，有兩位酒友同時去廁所蹲坑，一個是錢病鶴，另一位是聞野鶴。這些人在一起組局，都隨身帶著紙筆。葉楚傖就乘機寫了個條子，貼在廁所門上：「內有雙鶴，三個銅板一觀。」回去一說，惹得大家都過來看，笑到肚子疼。裡邊兩位不知道怎麼回事，出來一看，也跟著笑得不行。

蘇曼殊出家以後，不給別人作畫，葉楚傖為此沒少費口舌。有一次在一家酒樓喝酒，半酣之時，葉楚傖將紙筆等畫具拿出來，往蘇曼殊的身旁一放，說道：「今兒你不給我畫，就甭想出來！」然後走出去把門反鎖上。葉楚傖在三〇年代做過江蘇省主席，但他的本色始終都是一介書生。

葉楚傖最喜歡喝的是紹興老酒，但抗戰期間在陪都重慶很難找到這種佳釀，所以他只好以茅臺代之。但白酒傷肝，而且損害腦細胞，本來壓力就大，這樣葉楚傖就患上了健忘症。有一次面見蔣介石，本來彙報三件事，結果他撓了半天腦袋，只想起了一件。後來每次彙報，他都用紙把事項記下來。

由於長期飲酒，葉楚傖已然酒精中毒。那時會議很多，他隨身帶有茶壺，裡邊裝有珍貴的加飯酒。會議過程中，他過一會兒就要對著嘴喝幾口。這個祕密後來被政敵們發現，人家說：「見過以茶代酒的，從來沒見過以酒代茶的。」

割頭飲酒痛快事

有人群的地方，就會有才子，但真正的大才子是不出世的。按儒家的三立標準來說，首先才子有縱橫古今的才氣，其次需要有可代代相傳的大作品，最後得有驚世駭俗的事蹟，根據劇情的要求，應該還是悲劇，比如屈原投河自盡、司馬遷蒙冤遭閹、李白醉酒失足、曹雪芹窮困潦倒。以此看來，金聖歎的才子情節更加荒誕離奇。

金聖歎是吳縣（今蘇州）人，生活在明末清初，為人倜儻高奇，俯視一切，嗜好飲酒，善衡文評書，議論皆發前人所未發。他博覽群書，好談《易經》，亦好講佛，常以佛詮釋儒、道，論文喜附會禪理。金聖歎自身是才子不說，更喜指手畫腳，最著名的是評點「六才子書」，即《莊子》《離騷》《史記》《杜詩》《水滸》《西廂》。

由於前有比照，老金不敢著書立說，卻也留下不少佳文絕句。他認為李逵的率真與宋江的偽善有著鮮明對比：李逵取娘歸時，帶兩隻真虎；（註20）宋江請爺還時，攜三卷假書。他給佛經的題跋也令人印象深刻：流水今日，明月前身。還有「真讀書人天下少，不如意事古今多」這類話，非性情中人絕說不出來。他書房的對聯是：

千古絕吟太白詩；大江東去學士詞。

金聖歎的舅父是著名投降派錢謙益。有一天錢謙益做壽，文人們一個個前來相慶。到了置酒論文的時候，金聖歎寫下一句「一個文官小花臉」，弄得眾人不明所以，後又寫道：「三朝元老大奸臣。」然後昂然而去。一時間，金聖歎大得天下讀書人之心，但也給自己埋下了清廷欲加其罪的禍根。

順治十七年（一六六〇年），蘇州府對欠稅又私盜公糧者用重刑。次年，百餘名秀才往孔廟哭告，十八人遭逮捕，因當年皇帝駕崩，幾罪並罰，於秋後處斬，其中就有金聖歎。前一晚，金聖歎寫了一封家書相托，獄卒不敢做主，便交給了上司，展開一看：「字付大兒看：醃菜與黃豆同吃，大有胡桃味。此法一傳，我無遺憾矣！」獄卒信以為真，那當官的卻笑了，說金先生臨走還不忘耍他們一道。在刑場上，金聖歎自導自演了人生的最後一局。按照規矩，他有權索要「離魂酒」，但他偏偏喝起來沒完沒了，喝完一碗捧一碗，竟是意氣風發的樣子。圍觀人群隨著哄然地叫好。最後一碗下肚，老金搖頭晃腦地說：「割頭，痛事也；飲酒，快事也；割頭而先飲酒，痛快痛快！」

註20：李逵投了宋江後，想把娘接上梁山享福。結果，把娘背上半山腰，然後去找水時，他的娘就被老虎吃了。

他的兩個兒子小名分別為梨兒、蓮子。金聖歎讓他們不必難過，勸之不止，分別說道：「蓮子心中苦，梨兒腹內酸。」一連孩子都逗弄起來。民間有個傳說更邪乎，據說刀起頭落後，從金聖歎耳朵裡滾出兩個紙團。劊子手疑惑地打開一看，一個是「好」字，另一個寫著「疼」字——

好疼！

扮鷹還是扮虎

在古代的演義小說中，猛張飛是位特型，動輒哇呀呀怪叫，一怒可令河水倒流，見義勇為不說，同時還是福將。後世的程咬金、李逵、牛皋都扮演了這種角色。而同樣豹頭環眼、手持丈八蛇矛的林沖卻多少有些怪怪的，一出場煞是威風，可一遇到事兒，立刻就瞻前顧後起來，讓讀者閱後著實不大爽利。林沖與王進有些像，都是世襲軍職，說是八十萬禁軍槍棒教頭，其實是沒有兵權的軍官，相當於教練，與殺伐決斷的地方團練張都監之流不同。加上個性細緻，所以他們有些職場的謹慎很正常。同時，林沖的長相註定了他性子急、膽量足，絕對是以牙還牙的狠角色，只是他太顧忌身邊人的感受及利害，隱忍而已。

從白虎堂、野豬林，到柴家莊、滄州牢，林沖忍高衙內、忍董薛、忍洪教頭、忍差撥，一忍再忍，直到發小兒陸虞候火燒草料場，令他忍無可忍，終於猛豹出手，在山神廟前的暴風雪中，灑盡仇人血，砍斷仇人頭。在這裡有些細節，林沖出場就與魯智深飲酒論交，而後在柴進莊裡、李小二店裡等場合都經常喝酒，從不過量。自山神廟殺人之後，林沖膽色方起，路經茅屋，要酒不得，便喝道：「好生無理！」直接打人搶酒，而後醉倒在雪地裡，幸虧是在柴大官人的地盤，他才被雪夜送去了梁山。

王倫為林沖擺了接風酒，禮數周到，卻怎麼也不肯接納林沖，原因無他：有本事的人到哪兒都受歡迎，但不能太有本事，大到原來的幾個人加起來都鬥不過的程度。幸好林沖遇到了楊志，王倫心懷坐山觀虎鬥的僥倖，才勉強收留了林沖，但給他的名分也低，五位首領中僅列第四。楊志也是倒楣催的，不願丟官上梁山，而後又丟了生辰綱。案發後，八名大盜走投無路之下，也投奔了水泊梁山。

這些江湖中人太懂得眉眼高低了，知道王倫容不下自己，也看出林沖的委屈，所以明裡暗裡做足了戲份兒。到了送別的酒局，林沖果然發難，火拼王倫，這裡除了感情因素，還有現實考慮：林教頭身負血海深仇，跟王倫混報仇無望，眼見來了晁蓋一幫狠角色，索性送份大人情，安身立命之餘，期盼有日聯手殺了高俅。《水滸傳》在這一段引用了古人的話：量大福也大，機深禍亦深。

晁蓋對林沖一直厚待，在曾頭市中箭時多虧後者搭救。而宋江就不同了，在他的班底中，林教頭屬於編外，排座次時，還搞來了一位紅臉長鬚的大刀關勝壓著豹子頭。尤其是三打祝家莊時，其實沒有比扈三娘更適合林沖的了，年齡、家世與情愫無不相當，宋江偏偏把三娘配給了矮腳虎，其間是大有關係的。與王倫、晁蓋不同，宋江是位博弈高手，他能對症下藥，牢牢控制旗下的各位大佬。

一般而言，下屬分兩種：一種是老鷹，一種是老虎。老鷹吃飽了，往往揚長而去；老虎吃不飽，卻是連老大都敢吃掉的。這種把控很微妙，有時對這位老大敢下嘴，對另一位老大卻只有服服帖帖。比如說林沖，對王倫而言是老虎，能直接把他捅死，腦袋砍下；對宋江而言，林沖是老鷹，吃不飽也飛不掉，被玩弄於股掌之間。

不管是扮鷹還是扮虎，道不盡的是江湖人的心酸。

官場不容才

很多書上說李杜友誼深厚，其實是杜甫誇李白的時候多，「冠蓋滿京華，斯人獨憔悴」「鴻雁幾時到？江湖秋水多」等，有許多溢美之詞，李白做出回應的少。兩人除了年齡相差十一歲以外，天馬行空型對大器晚成型多少是有些瞧不起的。而且就喝酒而言，三個杜甫也追不上一個李太白。

李白的祖籍在隴西成紀，也就是今天的甘肅天水，與SOHO中國有限公司的潘老闆是同鄉，不過李白出生在碎葉城，既今天的吉爾吉斯斯坦境內。很小的時候，李白隨父親遷居到了錦州昌隆（今四川江油）青蓮鄉，所以才有了後來的「青蓮居士」稱號。李白的父親經商，很有錢，隨便李白讀什麼書，也隨便他搗亂，但小學課本裡講的那個鐵杵磨成針的故事純屬扯淡，因為天才不可能是教育出來的，多是自己冒出來的。

因為李白出生的時候，母親夢見一顆太白星從天外飛來，所以李白也毫不客氣地自居為「太白」，當然他會的本事也不僅限於詩詞歌賦，還有劍術、道術和縱橫術，他的老師是當時有名的縱橫家趙蕤。這個名字可能不少人不熟悉，但是沒人不知道《長短經》吧，也叫《反經》，就是老趙寫的，鬼谷子之後，無第三家。

從四川來到京城，李白這種性格很難被主流社會賞識，幸虧有酒，幸虧有詩，所以賀知章才誇他「驚天地泣鬼神」。李白第一次去皇宮，明皇親自到門口迎接，不過見識了爛酒鬼的性情之後，下回明皇對他就沒那麼客氣了。那天，興慶池沉香亭前的牡丹一派國色天香，皇宮裡歌舞昇平，熱鬧非凡。明皇感覺歌曲太舊，配不上這良辰美景，馬上傳旨招李白來湊趣，無心之中，明皇譜寫了一次空前絕後的牡丹酒局。

這都什麼時候了，太白先生早喝高了。明皇也沒客氣，讓人直接用涼水將他澆醒。醒是醒了，酒勁兒伴著心勁兒都往上湧，李白把勁兒拿足，非得讓楊貴妃磨墨、高力士脫靴。沒辦法，一大幫人還等著，任誰也沒法跟酒鬼講理，所以將這些無理要求滿足後，他一氣寫了三首《清平調》：「雲想衣裳花想容，春風拂檻露華濃……」都是千古絕唱啊！

明皇高興得馬上指揮排練，親自吹起玉笛，由李龜年主唱，太常樂隊和數百佳人伴奏伴舞，這是何等美不勝收的景象呀！牡丹花香襲人醉，人比花香更嫵媚，楊貴妃一旁端起夜光杯，品著西涼葡萄酒，連大小太監都跟著入情入景。李白當然又喝了第二場，君臣盡歡而散。

與一般人相比，天才更容易為名利場所排斥，不過走法不同。「仰天大笑出門去，我輩豈是蓬蒿人。」離開長安，李白與杜甫、高適結伴漫遊中原，走得開心，喝得高興，天天都有接待的酒局。有一天，李白忽然收到一封來信：「先生好游乎？此地有十里桃花。先生好飲乎？此地有萬家酒店。」

李白這人不怕皇帝怕酒蟲，接了信，他就顛兒顛兒地一個人趕去涇川了。那位豪士——汪倫告訴他：十里桃花，是說十里開外有座桃花潭，但並沒有一株桃樹；萬家酒店，是因為酒店老闆姓萬而已。明顯是忽悠，李白卻毫不為意，有酒喝，有朋友陪，真情實意才是最重要的，所以臨走時，他還給汪倫留下了一首小詩：

李白乘舟將欲行，忽聞岸上踏歌聲。
桃花潭水深千尺，不及汪倫送我情。

到了晚年，李白也不復當年清朗豪邁的性情，所以搭上了叛亂的錯船，多虧高適多方講情，尤其是大元帥郭子儀願以軍功相抵，因為他年輕時多虧李白一句「刀下留人」，才活了命。

原來李白與郭子儀的結識甚不尋常。有一日李白在并州地界遊山玩水，忽然碰著一夥軍卒執戈持棍押著一輛囚車，車中的囚犯儀容偉岸。李白好奇，上前一問，得知原來此人便是郭子儀。當時郭子儀是陝西節度使哥舒翰麾下的偏將，軍政司奉軍令查視其部餘下的兵糧，但部下失手把糧米燒了，罪及其主，法當處斬。當時哥舒翰出巡就在此州地界，因此軍政司把郭子儀押解赴軍前正法。

郭子儀在囚車中訴說原由，聲如洪鐘，李白回馬，傍著囚車而行，一邊走，一邊慢慢地試問他軍機、武略、劍術、兵書方面，郭子儀對答如流，就像碰著知己一樣。兩人越談越投機，越談越高興，郭子儀神采飛揚，哪裡像個即將赴死的囚徒。李白越聽越奇，心中想道：「我平生所結交的英雄豪傑不在少數，若說足以當國士之稱的似乎還只有此人！」

李白一直跟著囚車走到軍前，親自過去見隴西節度使哥舒翰，申述來意，求他寬釋郭子儀之罪。哥舒翰素慕李白大名，趁此機會賣了他一個人情，許郭子儀在軍前備用，將功贖罪。

別後數年，郭子儀屢建軍功，漸露頭角，做到了九原郡太守。李白在長安聽到了故人消息，甚為高興。但他不願意誇耀自己的恩德，從未向人提過這件事，即便是賀知章這樣親密的朋友，也不知道他和郭子儀的這段交情。

躲過一場大難，李白也有過「輕舟已過萬重山」的解脫，但被邊緣化是不可避免的。後來他去安徽當塗縣投親，酒性不改，在那裡病死。

不裝的活不下去

我的一個師妹出版了一本《可惜風流總閑卻》，我對書中印象深刻的是王禹偁，因為後面的字不認識，感覺像「俘」，一問才知道，在古文中，「偁」同「稱」，意思也相同。王禹偁是濟州巨野（今屬山東）人，七八歲已有神童之稱。地方官畢士安知道他家以磨面為生，就命作「石磨」詩，其中不無揶揄的意思。王禹偁善於即景成詩，聽罷脫口而出：

但存心裡正，無愁眼下遲。若人輕著力，便是轉身時。

中了進士後，由於宋太宗喜歡即興賦應制詩，王禹偁在文武百官中格外露臉。那時的宮廷宴會很頻繁，既可消遣，又能相互瞭解，在放鬆身心的時候，往往最見真性情。有一天大宴群臣後，太宗看見不少人在宮禁中喃喃吟詠，知道他們在押剛佈置下去的「賞花釣魚」題。

到了第二天，眾喝至半酣，又開始了詩文比鬥。太宗忽然臨時改題，弄出個很怪的「千葉石榴花」。百官一時都慌了手腳，正在醞釀之際，王禹偁早已飛快下筆，呈上了一首七絕：「王母庭中親見栽，張騫偷得下天來。誰家巧婦殘針線，一撮生紅熨不開。」一下子贏得滿堂彩。

俗語說：「出頭椽子先爛。」民間尚且嫉妒成風，何況人才濟濟的北宋朝廷。王禹偁官升得快，遭貶得也快，從商州到滁州，最後因直筆修撰《太宗實錄》，第三次被貶謫到黃州。令他老略懷寬慰的是，全部三百五十三名新榜進士奉旨相送出郊，直到官橋拜別。王禹偁感動萬分，托狀元郎致謝主考大人蘇易簡，言道：

綴行相送我何榮，老鶴乘軒愧谷鶯。

王禹偁年輕時，有一次太守召他前來，兩人邊走邊聊，忽然瞥見路旁池塘裡的荷花，太守命詠白蓮。王禹偁照舊沒有遲疑，吟道：「昨夜三更後，姮娥墮玉簪。馮夷不敢受，捧出碧波心。」又一天，太守在席間出了一個對子：「鸚鵡能言難似鳳。」座上賓客都對不出來。畢士安回家後，寫在屏風上，天天琢磨也沒結果。後來前來做客的王禹偁如廁時發現了這一句，當即提筆續道：「蜘蛛雖巧不如蠶。」

我十分喜歡這副對聯，因為裡面蘊含深刻：整天嘰嘰喳喳的鸚鵡，終究不如鳳凰九天之上的一鳴；無時不在算計織網的蜘蛛，收穫永遠難及化蝶成蛹的春蠶。二〇〇八年，我在侄子結婚時，派人回老家送去了一副對聯，寫的正是這兩句話，希望一對新人在自己的人生中堅持緘默、奉獻這兩大原則。

拿槍的幹不過提公事包的

我讀過十幾遍《水滸傳》，對施耐庵講故事的本領佩服得五體投地。每讀一次，我都越感親切，就像故事裡的事都發生在身邊，說的人都是身邊的人。個人以為，武松是施耐庵塑造的最成功的藝術形象，魯智深可稱為英雄，李逵乃好漢，不過能稱得上豪傑的只有武二郎。他是江湖上最兇猛的殺手，如果你跟他交不了朋友，就千萬不要成為他的敵人。

要真正理解武松不容易，但可以從酒的角度去品這個人。武松是在柴大官人的莊園裡出場的。武松初來投奔柴進時，柴進大酒大肉熱情地招待他。但是武松吃醉了酒，性氣剛，見莊客有些管顧不到，就下拳打人家。因此，滿莊裡沒一個說他好的，還常有人到柴進面前說他的不是。柴進雖然沒有直接趕他走，但顯然之後有些慢待他。此後書中也再沒怎麼表他們倆有什麼交集。但在柴家，相比柴進的冷淡，宋江對武松請酒不說，還送他酒錢。在武松眼裡，宋江這就成了他一輩子的大哥。可見跟黑道人物打交道，一是要善說好話；二是要不吝嗇金錢；另外嘛，別靠得太近。

隨後，武松喝了十八碗「三碗不過崗」，打死了老虎；更因為哥哥報仇，追到酒樓，殺掉了西門慶。但他並沒有走路逃亡，而是坦然接受制裁，可見他內心裡是個良民。但隨後發生的事就由不得他了。這是一個與酒有關的局，更是一個如天羅地網般的驚天殺局：鴛鴦連環局。

武松殺人後，被關在了孟州監獄。按照「獄規」，新到的犯人都要吃一頓殺威棒，輕者打傷，重者打殘打死。但武松到後不僅沒挨打，還天天享受美酒佳餚。他當然懂得「天下沒有免費的午餐」，一逼問獄監，逼問出了幕後指使者，這就是金眼彪施恩。作為孟州牢房管營的兒子，施恩在當地開了一家最大的酒店——快活林，但被有軍隊背景的黑道老大蔣門神搶了去。因此，他想請打過老虎的武松去打那位蔣門神。其實，武二郎幹的就是這活兒，況且施家對他有禮有利，他當然一口應了下來。

但武松絕對也是有心計的人，他提出了一個讓施恩很難理解的條件：他要求在途中找一家酒店喝三碗，他的理由是：一分酒力，一分武功。到了快活林，他假裝喝醉，調戲老闆娘，而且假戲真做把一美女大頭朝下扔進了酒缸。打無準備之仗的蔣門神當然抵不過戰意達到頂峰的打虎將，何況武松還使出了壓箱底的本事——醉拳。幾個回合之後，蔣門神被打得伏地求饒。然後，武松十分冷靜地提出了三大條件（註21），漂亮圓滿地搶回了小管營的地盤。此後武松就不只是幫施恩收保護費的小弟那麼簡單，簡直成了施恩供的財神。

施恩局和醉拳局還只是連環局的鋪陳。隨後，當地的守禦兵馬都監出面，請武松進了軍隊，還給了他很高的待遇，甚至包括一個大美女。與官場相比，黑道相對簡單直接，更看重所謂的規矩和面子。就當武松隱隱有點兒陶醉的時候，蔣門神勾結張都監一手策劃了抓賊劇碼，陷害武松。之後武松又成了階下囚，被這一干人處心積慮地發配走了。

但張都監在處理武松的事情上犯了一個致命的錯誤：他太顧忌法律程式，沒有一次性消滅這個危險殺手。果然，武松又使出脫枷拳，在飛雲浦幹掉了兩個押送獄警後，一不做二不休地殺將回去。像他這種脾氣又倔又急的狠人，根本不懂「復仇是一道冷卻後的美餐」的道理。他手持鋼刀，乘夜殺回，殺了馬夫等多位僕人，在鴛鴦樓砍死了幾名軍隊高官和蔣門神，本來一桌豐美的慶功宴頓時成

註21：武松道：「第一件，要你便離了快活林，將一應家火什物隨即交還原主金眼彪施恩。誰教你強奪他的？」蔣門神慌忙應道：「依得！依得！」武松道：「第二件，我如今饒了你起來，你便去央請快活林為頭為腦的英雄豪傑都來與施恩陪話。」蔣門神道：「小人也依得！」武松道：「第三件，你從今日交割還了，便要你離了這快活林，連夜回鄉去，不許你在孟州住；在這裡不回去時，我見一遍打你一遍，我見十遍打十遍！輕則打你半死，重則結果了你命！你依得麼？」蔣門神聽了，要掙紮性命，連聲應道：「依得！依得！依得！」

了血水橫流的修羅場。這還不算完，武松又殺進後宅，連女人也沒放過，包括那位對他暗有情意的婢女。幹完之後，他說：「這口鳥氣，今日方才出得！」江湖的光棍兒向來敢做敢當，與李逵這種不會寫字的莽漢不同，武松最後用人血在雪白的牆上寫下了八個大字：「殺人者，打虎武松也！」

後來，武松亡命江湖，先是破了十字坡的蒙汗藥酒局，再入夥二龍山，後來加入了宋江大哥的水泊梁山，又在招安後北討大遼，東打田虎，西征王慶，更在南滅方臘時丟了一隻手臂，陪著林沖師哥終老在杭州六和塔下，八十一歲善終。

滕王閣詩宴

我有時與人初次見面，自我介紹後，人家常常反應不過來：「彭？唐？」如果是服務人員，我乾脆說：「肚子疼的疼。」對方一下子笑了，個別的還會說：「我知道怎麼寫，是騰格爾的騰。」如果是合作方或者長輩，我只好正經八百地說：「山東滕州的滕。」但有時候也會遇到博學者：「哦，滕王閣的滕啊。」我不認識滕子京，也沒去過滕王閣，但二者都提高了我們滕家的知名度。

據記載，李淵二十二子李元嬰受封于滕州，因為貪玩好樂，建了座閣樓稱「滕王閣」；後來遷任蘇州刺史，又調往江西洪州都督時，從蘇州帶去一班歌舞樂伎，就臨江建了好大的一處別居樓閣，仍叫滕王閣。之後他們成天在裡面鶯歌燕舞，飲酒作歡。由於這人手筆大敢花錢，滕王閣名氣超過了黃鶴樓和岳陽樓，居於江南三大名樓之首。

名樓之名，不僅在於建築的奇偉，更關乎人文故事。一千多年來，滕王閣裡不知辦了多少酒宴歌舞。當年朱元璋在鄱陽湖的歷史性戰役中大勝陳友諒，就是在這裡大擺的筵宴，筵宴上海吃佳餚、敞喝美酒，還大放煙火，命百官賦詩填詞以記之。對朱重八這種摳門兒的人來說，如此舉動很罕見。不過，使滕王閣留名青史的是另外一場酒局。

唐玄宗時某年重陽節，江西閻都督閻伯輿在滕王閣擺起「詩文宴」，遍請名儒秀士百餘人，並讓人把筆墨紙硯準備好，打算來場即興作詩大會。大家都知道閻公的女婿吳子章頗有才華，文章不錯。閻公有意在此盛會上顯擺一下女婿的文才，並借此機會在文壇上揚名，便提前讓吳子章寫了一篇《滕王閣序》。所以與會者都自覺當綠葉，無人輕受。等到詩會開始，一干人等都相互謙讓說自己並無佳作值得顯擺，一直讓到席尾。會中，突然冒出來個小年輕，他慨然接過，提筆就寫。見有人攪局，閻公拂袖離席，只叫手下抄來那人的作品看。不一會兒，下人送來說，寫的是「豫章故郡，洪都新府。星分翼軫，地接衡廬」。閻公心想不過如此。

再報來：「物華天寶，龍光射牛斗之墟；人傑地靈，徐孺下陳蕃之榻。」閻公想，這小子不過是想毛遂自薦罷了。然後一句「落霞與孤鶩齊飛，秋水共長天一色」呈上，閻公頓時拍案叫絕：「落筆若有神助，真天才也！」遂更衣復出，攜起小夥子的手，說此處「風月無價，皆子之力也」。一請教，原來來者是才子王勃。座中有人感覺有抄襲之嫌，王勃灑然一笑，起身一揮而就：

滕王高閣臨江渚，佩玉鳴鸞罷歌舞。
畫棟朝飛南浦雲，珠簾暮卷西山雨。
閒雲潭影日悠悠，物換星移幾度秋。
閣中帝子今何在，檻外長江　自流。

王勃最後一句空了一個字沒寫，將序文呈上後就上馬走了。
在座的人看到這裡，有人猜那空的字是「水」字，有人猜是「獨」

字。閻伯輿覺得兩者都不對，派人去追王勃，請他補上。

趕到驛館，王勃的隨從對來人說：「我家主人吩咐了，一字千金，不能再隨便寫了。」閻伯輿知道後，說「人才難得」，便包好千兩銀子，親自率領文人們到驛館來見王勃。

王勃接過銀子，故作驚訝地問：「我不是把字寫全了嗎？」大家都說：「哪有字，那是個空（kòng）呀！」王勃說：「對呀！是『空』（kōng）字，『檻外長江空自流』嘛！」大家聽了，都連稱：「絕妙！奇才！」

王勃出生名門望族，其祖父王通是隋末大儒，叔祖王績是著名詩人，父親王福畤是當時高職文官，三兄弟名動天下。王勃小時候曾夢見仙人拿墨潑了他一袖子墨，所以他也像馬良得了神筆一樣，寫起來如有神助。他寫文章的習慣也與眾不同：讓人先磨墨備紙，自己用被子蓋住頭，躺在床上大睡。醒來後，他提筆就寫，文不加點，一氣呵成，別人連一個字都改動不了。「打腹稿」這個詞就是打這兒來的。

王勃成名在少年，十五歲的時候，他給朝廷寫了一封信，抨擊唐王朝攻打高麗的政策。當朝宰相劉祥道看了後，就稱王勃為神童，把他推薦給了皇帝李治。王勃十六歲科舉高中，官授朝散郎（註22）。當時沛王李賢酷愛文學，也愛結交文人，便邀請王勃為王府編撰。兩年後，沛王李賢與周王李顯鬥雞。王勃在一旁看，還開玩笑即興作了一首詩《檄周王雞》討伐周王的雞，以此為沛王的雞助興。後來這篇本來是用來搞笑的詩不知怎的讓皇帝知道了，他看後大為不滿，認為這是挑撥離間二王之作，就把王勃趕出了沛王府。本來朝中有人，腹中有才，大好的前程就因為鬥雞全部葬送了。

天才兒童往往不會處事，後來他包庇官奴曹達，又怕事發，一糊塗把人滅了口。事情洩露後，王勃被抓起來，等待秋後問斬。好

註22：唐為文官第二十階，從七品上。

在趕上朝廷大赦，王勃保住了小命。父親王福時也因為他而受牽連，被貶到交趾做縣令去了。王勃想去探望，但船到河內的途中遇到了颱風，雖然他當時沒有被淹死，但驚嚇過度，很快就死了，年僅二十七歲。也有人說他是因為鬱鬱不得志而自殺。

做富人難

前段時間上網一次聚會，大家聊起企業江湖的是非恩怨，幾個人異口同聲地感歎：「老牟生不逢時啊！」被說的那位叫牟其中，曾經用五百節車皮的羽絨服、皮大衣、襪子、火腿等輕工副食產品換回了原蘇聯的四架飛機，賺了近一億元的利潤，幾乎成了商業神話。他所創造的「南德模式」為無數學子所推崇，激勵他們帶著發財夢投身商海。一九九五年二月，《富比士》將牟其中列入一九九四年中國內地富豪第四位，《財富》雜誌稱其為「中國第一民間企業家」。在媒體的哄吵下，大陸首富的光環一時耀眼無比，「首富」這個詞就是那時開始流行的。

經營企業有奇有正，不能總是劍走偏鋒，牟其中先是在滿洲裡圈地，要造「北方香港」；接著放了兩顆商業衛星；還有超值晶片、牟氏火鍋等，皆別出心裁、商業構思十分精巧，問題是做這些有錢嗎？有團隊嗎？政策允許嗎？十年後，他那些圈地造城的弟子，個個賺到盆滿缽溢，做川菜的企業都上市了！做企業需要大環境，太超前了有時是一種大錯。

有一次，牟其中從《決策參考》上看到，某領導提出個想法，即把喜馬拉雅山炸開個豁口，讓印度洋暖濕氣流進入青藏高原，解決中國西部的缺雨狀況。他信以為真，邀請數十位專家做了大量調研和論證工作，拋出了貽笑大方的「通天河計畫」。年後，南德公司那點兒元氣就這麼給折騰沒了，資金的鏈條越勒越緊，終於鬧出了「信用證詐騙案」，二〇〇〇年五月三十日，六十歲的牟其中被判處無期徒刑，三年後改為有期徒刑十八年。

「性格決定命運」這句話很適合牟其中，他好像生到世上，就是為了挑戰命運之神。牟其中是重慶萬州人，一九六〇年考入中南建築設計院大專班，卻因無糧食關係於當年退學；次年報考烏魯木齊藝術學院，再次陰差陽錯，只好回老家做苦力。瘋狂參與「文化大革命」後，牟其中理想幻滅，並開始思考，寫出了《從文化大革命到武化大革命》等文章。一九七五年，牟其中被捕入獄並判死刑。萬人批鬥大會都給他準備好了，後因鄧小平復出而暫緩執行，一九七九年得以釋放。

一九八〇年二月，牟其中在萬縣成立了中德商店，靠代加工仿名牌座鐘賺到了第一桶金，後因「投機倒把」被取締，全部十一名職工遭關押。一九八七年，他帶著僅剩的兩千元輾轉到了北京，生意一點點做了起來，直到「罐頭換飛機」轟動全國。牟其中成了名人，一舉一動更加模仿毛澤東，還發明了許多說法，比如經商好比燒水，前九十九度都沒反應，關鍵在最後一度，這一度才是最大的商機。在生活中，他從不去歌廳、不打牌、不洗桑拿、不抽煙，偶爾會喝點兒酒，閒暇時，除了找人聊天，就是爬山。

作為最早的首富，牟其中有三大特點，並深深影響了他那一代企業家：生活儉樸，精神強悍，情感豐富。在與原配杜宗蓮離異後，他一直糾葛在夏氏姐妹的感情中：老二夏宗珍從川到京，陪他經歷了無數風雨；老四夏宗瓊嫁給了他，生了兒子夏楠不說，幾乎一力承擔了南德的資金鏈多年，一九九六年離婚攜子遠走美國；老五夏宗煒在後期和他入獄後，對他不離不棄地相伴，承受了巨大壓力。有報導說，她第一次探獄時，牟其中對她說：

「從此，你就與偉大連在一起了。」

在獄中的十多年，牟其中每天寫作十多小時，已有數百萬字的手稿，還不時接受採訪與採訪。此外，他每天運動量驚人：早上繞著小籃球場跑幾十圈，午休後來回爬樓梯幾十趟，始終堅持洗冷水澡、做自編的體操。他堅持不吃每週兩次的供應肉，而是吃素鍛煉體魄，一點八十米的他體重在八十五公斤左右，比以前精神多了，實在讓人驚歎一位七十歲老人的毅力。

據說，馮侖和王石去湖北洪山監獄看望過他，但更多的熟人在默默觀望，有些歷史時刻是很難被遺忘的。牟其中曾有機會獲准保外就醫，但他拒絕了，因為他堅稱自己無罪，要清清白白地走出去。湊巧的是，唐萬新也曾被關在這裡，他曾對牟主動示好，卻遭到冷遇。事後牟其中說不喜歡唐家兄弟，因為德隆系是「劫貧濟富」。他有時會想出獄時有什麼樣的隆重場面，最大的願望是建立一家南德醫院，只接待最有錢的富人和最窮的窮人，劫富濟貧。

習慣閱讀和思考的牟其中自認為對目前的國情瞭若指掌，至於那些大紅大紫的富豪朋友，他的看法為：「我不著急中國趕超不了美國，我著急的是中國人學不會做一個好富人的本領。」然後，他深深感慨道：

做好一個窮人，有骨氣就行了；而做好一個富人，則需要巨大的智慧和仁慈的靈魂。

巴菲特午餐

我聽說的最貴的一餐飯，是二〇一〇年在北京酒仙橋的七九八發生的，四個人花了八六〇萬人民幣，完全都是酒錢，他們把那家號稱京城最牛的會所僅存的八瓶頂級紅酒全給喝了，其他消費也有個十幾萬，不過直接被免單了。問題是其中兩位喝吐了，恰逢其會的一位影星說：「看著我那叫心疼，好幾百萬在肚子裡轉了一圈，都還給垃圾桶了。」

像這一類酒宴在京城時有發生，只不過當局者諱莫如深，一般人難以聽聞得到罷了。我親身經歷的一次是在國貿，外地那哥們兒可能是狂慣了，見在座的又是領導又是美女，十分亢奮，連著讓上最貴的酒，到了結帳時，據說在六七十萬之間，他的金卡刷不出來，還是北京一地產大哥幫他解了圍。

坊間津津樂道的一餐飯，是步步高段永平創下的，那是二〇〇六年六月二十三日，他帶妻子去紐約曼哈頓的一家牛排連鎖店，與巴菲特共進午餐，為此他付出六二點〇一萬美元（當時約五百萬人民幣）。這事兒到底值不值呢？國內是炒得鋪天蓋地，窮人說他燒包，富人認為得瑟，倒是中產階級覺得不失為一種炒作的方式，媒體則倒騰出各種話題。

老段的出發點很正常，一是移居美國後，手裡的大把現金沒處花，需要選擇投資目標；二是這些年讀巴菲特的書十分受益，股票上賺了好多錢，希望當面表達謝意；三是慈善款，捐給格萊德慈善基金會的，這是家廣受讚譽的慈善基金，老段夫婦早有此心；四是難得的榮耀，也算替中國企業家達成個心願。

拍賣共進午餐的入場券，是巴菲特夫人想出的主意，她在基金會做了十五年義工，無人知其身份，她勸丈夫用這筆錢，去幫助三藩市的無家可歸者。二〇〇一年和二〇〇二年，只拍出了二點五萬美金和一點八萬美金；從二〇〇三年起在eBey網（易趣網）競拍，被紐約對沖基金的一位主管以二五點〇一萬美元獲得；次年，某新加坡人付出了二十五萬美元；到了二〇〇五年，一神秘人物以三五點一一萬美元達標。二〇〇七年，對沖基金經理們再以六五點〇一萬美元的價格拍得，事後還對媒體表示：「午餐談話內容從選股標準，到紐約首席檢察官嫖妓醜聞，不一而足。與君一席話，勝讀十年書。」

二〇〇八年，號稱「中國私募教父」的趙丹陽以二一一萬美元創下記錄，他精心準備了兩份禮物：貴州茅臺酒、東阿阿膠。據說還推薦了物美商業，巴菲特表示「會去看看」；二〇〇九年獲勝的是加拿大人，價格為一六八點〇三萬美元；二〇一〇年，九名競拍者總共進行了七十七次報價，「巴菲特午餐」拍賣最終以二六二點六三一一萬美元的最高價落槌。二〇一一年，對沖基金經理韋施勒 **Ted Weschler** 再以二六二點六四一一萬美元，獲得了與年已老邁的股神之進餐權利。二〇一二年六月四日上午，巴菲特午餐的起拍價是二點五萬美元，最終以三四五點六七八九萬美元在 **eBay**網上成交，比十年前的價格翻了一三八倍。

從數位對比可看出，次貸危機以後，巴菲特午餐的拍賣價格反而攀升了，再次證明了巴菲特投資理念的不朽性。國內天圖基金的發起者徹頭徹尾地學習巴氏，連發了六期基金，業績相當不俗，他評價巴菲特午餐說：

有人或許覺得，為一頓飯花這麼多錢太不值。其實不然。對於追隨巴菲特理念的投資者來說，有機會與偶像吃這樣的一餐飯，既是一種光榮，也是自我價值的最高體現，這不是國內那些砸錢鬥富的做法可以比擬的。

老大的問題

我大學時讀過尼克森的《領袖們》，對尼克森崇拜得不得了，一是因為書中記敘的都是國際政壇的風雲人物，二是因為尼克森點評了做領袖的條件，三是因為他不動聲色地把自己擺到了把冷戰變熱的歷史地位。當時越戰如火如荼，美國在泥潭裡越陷越深，可尼克森只用了兩招「天外飛仙」，便擺脫了困境：與中國的乒乓球外交、國際貨幣結算由金本位改為美元信用本位制。

美國的歷史不長，玩陰謀的本事卻不小，一來是人家實力雄厚，用陽謀代替陰謀，這是所有權術中最高級的；二來國家年輕，沒心理障礙，什麼招術管用便用什麼。我們那時候學了好多組織理論，其實輕飄飄的毫無用處。我現在覺得最好的組織模型是《西遊記》，由一位能念緊箍咒的道德家來當老大，但這僅限於農耕社會。

遊牧部落就簡單多了，彼得大帝和成吉思汗都是能打仗的。由於西方都是遊牧出身，所以他們的領袖骨子裡都很強悍，像大小布希和克林頓夫婦，皆是如此。當然，現在的趨勢是，武功高強的孫悟空也能講理了，絮絮叨叨的唐三藏也會玩鐵血手段，這是人類社會高度集約化的表現。

有本事的人到底適不適合當老大？答案都在歷史裡。曹、劉、孫三位都屬於能文能武，所以解決了袁家兄弟等一般文不成武不就的傢伙，三分漢家天下。要說能打，三國裡當屬呂布第一，那他為什麼不成功？我每次看三國都想這個問題，想了有幾十遍，終於有一天我想明白了，因為他連自己的媳婦都不如，貂蟬都比他強了不知多少倍。

中國人講究仁義禮智信，先來看看仁。仁分君子之仁和婦人之仁，前者是以國為主，後者是以家為主。呂布這傢伙從來都不講國家大義，到了水淹下邳的時候，他前面抱著女兒，後面背著媳婦，仗著馬快戟堅，想一走了之，結果被貂蟬勸止了。就是這位貂蟬，捨身為國，令兩個貪鄙之徒自相殘殺，挽救了不知多少流離失所百姓的性命。

論義，貂蟬不忘的是司徒王允的養育之恩，呂布則是一個自私自利的三姓家奴，比都不用比了；論禮，一個歌妓嫁雞隨雞、嫁狗隨狗，始終跟隨在呂布左右。至於呂布，先殺丁原，再殺董卓，國法家規惘然不顧，簡直就不是個東西。論智慧，呂布是個典型的軟耳朵，該聽的、不該聽的都瞎聽，該信的、不該信的都瞎信，讓一班忠於他的文臣武將都變成了沒頭蒼蠅，幸好張遼沒死，只是可惜了陳宮。至於信用，對國家、對親人、對朋友，貂蟬都無可挑剔，而呂布幾乎跟了當時所有的江湖大哥，但無不以背叛告終，這一點似乎只有劉玄德能與之相比，可惜人家是成功者。

除了基本品質，英雄人物都很識時務，這是呂布最欠缺的。在白門樓的酒局上，曹操和劉備擺酒相慶，連侯成等輩也跟著蹭酒喝。這時，呂布先犯了兩個致命的錯誤，一是不肯對曹操低頭，大呼小叫道，有他做大將，天下可平。孰不知曹魏班子猛將如雲，像他這樣的人做大將不妥，做個先鋒又屈才，本就是塊兒雞肋，不如踏踏實實立些功勞，安身立命。二就是始終拿劉備當哥兒們。人家可是皇親貴族，骨子裡又陰又狠。先不說呂布自己只是五原九原（今內蒙古包頭西）的一介百姓，單憑搶徐州這麼大的梁子，劉備能不記恨嗎？像劉備這樣的梟雄，原則從來都是：自己用不了的好東西，就毀了它！所以劉備才說一句：「公不見丁建陽、董卓之事乎？」就讓曹孟德下決心殺了他。在生死關頭犯下這樣的錯誤，實在是天作孽，猶可恕，自作孽，不可活。

自古以來，老大的問題都最成問題；做錯了老大，該死；跟錯了老大，找死。

前半生要積德

進信託公司時，一位領導對我面試，聊來聊去，他說起了自己上山下鄉的經歷，他有句話我至今印象十分深刻：「我們這代人什麼苦都能吃，什麼福也能享。」我對前一句認可，後一句多少有些不以為然，享福誰不會啊？但後來慢慢發現，會享福的成功人士還真不多，那幫人要麼胡花亂造，要麼吝嗇自私，能積陰功的很少。後來我那領導下海賺了個盆滿缽滿，但始終名聲不顯。

老人們說年輕時吃苦不要怕，怕的是不計因果地造業（註23），到了晚年身體和金錢都虧空差不多了，顯得淒涼而無助。這樣的例子太多了，最突出的當屬宋徽宗。大家都知道中國有十大名帖，宋徽宗是唯一一位列其中的皇帝，其他如王羲之、米芾、顏真卿等，通過這幾位，你可以想見宋徽宗書法的歷史地位。這位創造了瘦金體的大藝術家，後宮三千不說，各大青樓也遍留足跡，為了他的「生辰綱」，逼反了不知多少英雄好漢，後來我專門瞭解了一下，他的生日慶典可是不得了。

據統計，北宋的 GDP 占當時全球的百分之七十以上，農副業和蔬菜種植業均進入商業性階段，汴梁城商賈雲集，戶籍人口達百萬以上，為當時世界上最繁華的都市。朝廷有錢又捨得花，宮廷宴會從年頭排到年尾，如春宴、秋宴、朝宴、慶功宴、喜慶宴等。宋代的生日宴叫萬壽宴，每個皇帝各有專屬，太祖叫「長春節」，太宗稱「乾明節」，到了徽宗叫「天寧節」。

徽宗生日是十月初十。到了那天，文武百官先去相國寺祈福，晚上接受賜宴，皇帝本人主要和家裡人小聚。正式日子在十月十二，貴族、官員及外國使節三百多人濟濟一堂，從開始到結束，宴席間共要進行十九次樂舞，並有餘興表演烘托，每一杯御酒都有

註23：造孽。

名堂，直到第九杯，在禁軍表演完相撲，才上飯結束。然後，參加者展示著得到的禮物回府，數百名少女騎馬轉街，引來蜂蝶無數。

那時的東京是不夜城，飲食業極其發達。徽宗一次在太清樓宴請九位大臣，宴桌上四方美味堆積如山，其中很多今已失傳，如錦雀，其個性個頭都與孔雀相仿，遷徙時為了輕裝前進，忍痛啄掉身上最長的幾支尾羽，有「錦雀捨尾」的典故，由於太傻易捕，早被吃光了。還有黃雀酢，為趙佶、蔡京等人的最愛，當時有個王黼，這小子只會溜鬚拍馬，後來竟連跳八級，拜相為楚國公，黃雀酢也被他搞得為之一空。

有一次，徽宗覺得早點不合口味，隨手寫下：「造飯朝來不喜餐，御廚空費八珍盤。」廚師們哪懂作詩應對，還是一位學士給續了兩句：「人間有味俱嘗遍，只許江梅一點酸。」甜酸爽口的楊梅當然會解御廚八珍之膩。這裡面的「一點酸」就是趙佶的人間女色、名滿京師的青樓歌妓李師師。宋朝皇帝重文輕武，個個不是詩人就是書法家，這使得宋朝軟實力最牛×，但是來硬的搞武力、軍事就不行了。

宋徽宗身上的這種文人性格很容易被利用，高俅等小人作怪不足為奇。最糟糕的是他與虎謀皮，遼國犯境的時候採取了聯金伐遼戰略，結果金國捎帶手把宋給滅了。

靖康之變是北宋的悲劇，但清朝是受益人。幾萬美女和匠人被擄去，雖死亡者極多，但剩下的確實改善了少數民族的血統和文化，為清朝崛起留下基因。對徽宗而言，則是天堂直入地獄，受盡人間的屈辱，因果現世報啊！前半生享福之人，一定要為後半生留有一線，所以有錢人、有權的人呀，可抬手抬手，能積德積德吧。

後宋徽宗被金在各處輪流關押。一口枯井中一國之君只能望月興嘆，被囚禁了九年後，趙佶悲涼而死，享年五十四歲，他寫了不少詩句，其中有一首為：

徹夜西風撼破扉，蕭條孤館一燈微。家山回首三千里，目斷天南無雁飛。

帥字局

現代社會，人口增多以後，好事兒壞事兒都被攤薄了，人們成佛的惰性強了，而造業的能量也小了。就做壞事兒而論，史上的混世魔王，無論程咬金、樊瑞，還是王翦、朱粲，都比不過一個極致的變態——張獻忠。

明萬曆三十四年（一六〇六年）延安府膚施縣柳樹澗張家生了一個大胖小子，五年後教書林先生為之取學名「獻忠」。此子長大後偷雞摸狗、打架鬥毆，後來到縣裡當快手（聯防隊員），再後來陝西三十六路煙塵雲起，張獻忠佔據米脂十八寨，自稱八大王，因瘦高驃勁，人稱「黃虎」。

李自成、張獻忠及羅汝才是明末義軍最大的三股勢力，這幫傢伙澠池渡之戰、車廂峽詐降、滎陽大會等拼命折騰。老張更是掘了朱家的鳳陽皇陵，後來為二十個能彈能唱的小太監沒給李闖，二人鬧起彆扭。其實他倆反反覆覆鬧了好幾次，要不是羅以「賊不殺賊」為口頭禪來勸，早就血流成河了。後來，闖王攻克北京，建立了大順政權，張獻忠也兵破成都，當了大西國皇帝。

宋明兩代理學之後，國人的血性確然減弱許多，但張獻忠是例外，他比五胡的石勒更凶更狠，其一生的哲學與手段都是一個字——殺。張帶兵打仗很少帶軍糧，全靠就地取材，所經之處如洪水氾濫。進川後，手下報告俘虜人數太多，老張揮揮手：只砍下右手算了。當時暴雨傾盆，仍消不去三座掌山散發的刺鼻血腥。

農民出身的張獻忠心眼兒很小，即使做了皇帝，仍對有才能的人忌諱多多，於是他反復琢磨精心設下了文武兩大殺局。首先，大西國通知四川全省各地學官，帶當地生員來成都參加科舉考試，有老婆的也必須一起帶上，違令者凌遲。考試地點在大慈寺，等人到齊了，開始點名，這時軍隊忽然包圍進入，宣佈：高過四尺的男子全數砍殺，同時在場的女子也盡皆被先姦後殺。有某小神童漏網留在賊軍，為後人錄下此事。

武舉考試也同樣邪乎，張獻忠先搞了個「帥」字酒局。一班將帥考官在高臺上大碗喝酒、大塊吃肉，下面一個狹小的封閉操場上是上千位候選人。本來他們也打算一起殺掉，但是動手之前不知誰出了個餿主意，西王府拿出了一面縱橫各一丈的大黃旗，聲明：誰可一筆寫出個大大的「帥」字，免死。夾江武舉王志道縛草為筆，浸墨三日，一書而就，老張無可挑剔之下，卻道：「爾有才如此，他日圖我者必爾也！」於是，照舊拉出去砍頭。然後，往操場裡放進去幾千匹無鞍烈馬，並命令鳴鼓，馬驚人逃，幾圈下來操場上的人幾乎死傷殆盡。

張王爺搶了很多老婆，他處理家務事依舊簡單明快：頂嘴或不服的，拉出去砍了！後來他對川湘貴地區大規模「草殺」，據各部隊申報數字，累計殺人六億八千萬，雖說這數字有些誇張，但事實上整個成都十年之後已屬無人區，華南虎縱橫其間、狼狐狗結幫成群。他聚集在大西軍殺人的方式有：沸水煮、全身剝、碾子軋、凌遲剮，或成串趕到江裡淹死，或埋到土中，露出腦瓜馬踏刀砍，比賽哪個胸腔噴血最高。史書記載：「屠城、屠堡、屠山、屠野、屠全省，甚至千里無人，空如沙漠，自亙古以來，未嘗有也！」

一六四六年四十歲的張獻忠口裡嚼著早飯，僅帶三五親隨在西充鳳凰山探營，結果清軍蒙古大將亞布蘭只一箭將其穿喉射死。老張曾將數十年掠據的全部財寶沉入長江三峽，留予後世之有緣者。張獻忠認為，人類的存在是地球最大的破壞，故皆應殺之，並令所屬州縣刻錄「七殺碑」：

天以萬物與人，人無一物與天，
殺、殺、殺、殺、殺、殺、殺！

不留後患

在歷史上，不少政治家都很有藝術才能，有些皇帝玩物喪志，沉溺於某種癖好中，最終不免身敗名裂，像楊廣、李煜之流，但政治不一定是藝術的天敵，如曹孟德、毛澤東等，他們用琴棋書畫修身養性，以增強政治鬥爭的決勝能力，這之外還有一位簽下「海上之盟」的宋徽宗。

當年，遼、金對峙的時候，剛剛崛起的金國女真族想聯合北宋抗遼。後來北宋也醒過神兒來，於是派馬植為使臣，遠渡渤海，來到金國提出聯合意向，當馬植找到阿骨打時，金軍正在攻打遼的京城上京，當時城中契丹軍隊據守不降，阿骨打於是告訴馬植說：「先觀戰，等打完這一仗，咱們再談條件吧。」他隨即下令攻城，從早晨開始，不到中午，金軍用半天時間就攻陷契丹帝國的首都。見識到女真人的強悍後，北宋已經感到又一個勁敵出現，自己別說是聯合滅遼，就保全自己也怕是難了，跟人家談判，你北宋有什麼籌碼。但是阿骨打並沒有就此一鼓作氣攻打北宋，而是來了個摟草打兔子，依舊願與北宋結盟。結盟要求，要求金軍攻取遼國的中京，宋軍攻取遼國的南京和大同府。待到成功滅遼後，燕雲之地歸還宋朝，而宋朝則把原來送給遼國的歲幣轉給金朝。這也是北宋的「靖康之恥」。後世的歷史書無不以此說事：打鐵還需自身硬，與虎謀皮一定要小心啊！

金庸先生很喜歡描寫那個時代，我最早知道阿骨打這個人，還是來自《天龍八部》，說他能打虎，與蕭峰八拜為交，是位蓋世的豪傑。後來讀得多了，才瞭解到這位金太祖三千七百兵起價，率領女真族崛起，先後破遼、建國，掠奪遼宋兩國大量的工匠和美女，醉心研究和模仿漢文化，對成吉思汗、努爾哈赤兩位影響極大。但其一生之中，最大的危機來自一次宴會，由於抗酒不喝，差點掉了腦袋。

遼國天祚帝耶律延禧即位以後，對東北邊境的幾十個女真部落壓榨勒索越來越重，比如低值強購人參、貂皮、北珠等物品，號稱「打女真」。

按照遼國的風俗，皇帝的行宮需四季遷徙，分別為春水、夏涼、秋山、坐冬。遼代歷代皇帝春遊都有一個風俗，就是要用捕獲到的第一條魚舉辦盛大的頭魚宴。西元一一一二年的春天，遼天祚帝耶律延禧到春州，也就是今天的吉林省巡遊，還極有興致到松花江去捕魚。

那天，天祚帝帶來了不少契丹族貴族，還有前來覲見的所有女真族酋長。宴會很氣派，大魚大肉加大酒，主打的則是第一尾打上來的魚和第一隻被射落的大雁（或天鵝），所以頭魚宴，也有叫頭雁宴或頭鵝宴的，這種習俗至今還在查干湖地區流行。酒過三巡、菜過五味以後，酋長們依次被要求站出來獻舞，長期受壓榨的女真族酋長們內心再不情願，也沒人敢掃大遼皇帝的興。

輪著輪著，輪到一位異常魁梧的青年人，只見他坐在位置上直直而冷漠地望著天祚帝，身體則紋絲不動。契丹皇帝和貴族們見這傢伙不敬酒、也不跳舞，紛紛發作起來，一些女真老酋長也從旁相勸，可是一點用都沒有。宴會不歡而散後，天祚帝就想派人馬上殺了完顏部這個叫阿骨打的臭小子，但大臣蕭奉卻先勸道：「那就是個打獵的粗人，何苦與他計較，萬一激起其他酋長們的不滿呢？」

這可能是遼國君臣們一生中最大的失誤了。不久，阿骨打在父親死後繼任了完顏部的首領，開始建城堡，打武器，訓人馬，整合女真各部，全面反遼。西元一一一四年，阿骨打從哀兵取勝的出河店大捷後一口氣直搗要地黃龍府，繼而以兩萬兵力大破天祚帝的七十萬大軍。西元一一二三年，金兵將燕京擄掠一空，按照海上之盟的約定，將燕京六州之地分給北宋，同年八月，阿骨打在返回上京的路上病死，時年五十六歲。

據說阿骨打小時候就身材魁梧，體格健碩。十歲的時候，最善射箭的也只能射百步之遠，而阿骨打可以射三百二十步。想必耶律延禧第一次也是最後一次見完顏阿骨打就是在頭魚宴上。

星星之火可以燎原，強敵要麼讓他成為你的朋友，要麼趕早滅掉。一旦成了你的敵手，必然後患無窮，想再回首，需待到百年身。

國家圖書館出版品預行編目(CIP)資料

一杯酒喝出一片天 / 滕征輝作. -- 初版. -- 臺北市 :
信實文化行銷, 2014.07
冊 ;　公分. -- (What's vision ; 110)
ISBN 978-986-5767-27-3

855　　103010352

What's Vision 110
一杯酒喝出一片天

作者　滕征輝
總編輯　許汝紘
副總編輯　楊文玄
編輯　黃暐婷
美術編輯　楊詠棠
行銷企劃　陳威佑
發行　許麗雪
出版　信實文化行銷有限公司
地址　台北市大安區忠孝東路四段 341 號 11 樓之三
電話　(02) 2740-3939
傳真　(02) 2777-1413
網址　www.whats.com.tw
E-Mail　service@whats.com.tw
Facebook　https://www.facebook.com/whats.com.tw
劃撥帳號　50040687 信實文化行銷有限公司

印刷　上海印刷廠股份有限公司
地址　新北市土城區大暖路 71 號
電話　(02) 2269-7921

總經銷　聯合發行股份有限公司
地址　新北市新店區寶橋路 235 巷 6 弄 6 號 2 樓
電話　(02) 2917-8022

本書原出版者為：中南博集天卷文化傳媒有限公司。中文簡體原書名為《做東》。
版權代理：中圖公司國際版權部貿易部。
本書由中南博集天卷文化傳媒有限公司授權信實文化行銷有限公司在台灣地區獨家出版發行。

2014 年 7 月 初版
定價　新台幣 240 元

一杯酒

喝出一片天

一杯酒

喝出一片天